光荣与梦想——"大语文"系列丛书总序

穿过一丛金色的墨西哥橘，六岁的小红豆头戴粉盔，骑着一辆有辅助轮的浅粉色自行车前行。在她身后跟着三岁的小青豆，蓝色背心、蓝色头盔，滑动着一辆海军蓝滑板车。

在温哥华的这个浅蓝清晨，我望着女儿红豆和儿子青豆的背影，捏紧了久违的轻快心情。此刻我的另一个儿子在太平洋彼岸舒展着拳脚，已经名扬神州、纵横四海，他就是十二岁的大语文。

那一年际遇喜人，没落的大宋皇裔赵伯奇当时正是北大游泳队队长，俊美倜傥的郭华粹正要从不列颠返回国内，出身文坛世家的陈思正将从哈佛启程，卸任了校学生会主席的朱雅特正要入住北大教育系设在万柳的高级学生公寓，而这套书的主要执笔人——我的表弟张国庆，也正在收拾行囊欲来北京助我成就大事……那一年的我们，大多毕业于北大、北师大的中文系，本有着大不相同的人生规划，却因为我许下了五个耀眼的愿望，如埋下一粒豆子作为种子，而相聚在一起，簇拥着走出了同一条人生轨迹。

那一年，种瓜得瓜，种豆得"神"。神奇的大语文诞生。

五个愿望：一愿我们投身于校外教育，把语文课变得有意思；二愿将大语文课程商业化，以丰厚的回报让大语文家庭过上富足而体面的生活，同时也让更多卓越人才敢于加入大语文战队；三愿大语文课程走向全国，使更多孩子受益；四愿大语文课程进入学校，深度补充和影响校内语文教育；五愿大语文走向世界，吸引更多华裔或其他学习者，使其对中国文学文化乃至世界文学文化产生较浓兴趣。

这是多么光荣的梦想。被商业繁荣笼罩着的华彩世界里，我们愿意燃烧年轻的生命，去照亮大语文，或是做烛去点亮大语文。

十二年后，我们作为一家颇具潜力的上市公司被广泛关注，原打算用一生去交换的五个愿望也开始一一实现。欢喜之余，我也冷静了下来。我对队伍说，我开始不甘心只为一时而绽放，我想留下些许我们的代表作，让这些被汗水泪水浸泡着的奋斗所产生的价值能够长久留存。

那么，什么才能做到长久留存？战国时期最伟大的弩机大师也随弩的入土而不闻于世，而孟子的浩然之气、庄子的逍遥自由却总让千年后的人们神往。历代精美的琉璃制品、珍珠黄金、武艺枪械、米铺碾坊，都随大江

主编◎窦昕

一套写给中小学生的文学史

乐死人的文学史

五代篇

石油工业出版社

《乐死人的文学史》编委会

主　　编　窦昕

执行主编　赵伯奇　　张国庆

豆神大语文名师编审委员会委员

　　　　　窦　昕　　赵伯奇　　朱雅特
　　　　　张国庆　　殷程其　　魏梦琦
　　　　　许　龙

编　　者　白　玲　　孙　丽　　刘　飞
　　　　　陈吉赫　　隋　妍　　梁　燕
　　　　　董　颀

东去；罗摩与神猴、罗密欧与朱丽叶、《西游记》与《水浒传》、雨果与歌德、马克·吐温与杰克·伦敦才会百年千年流传。

锐意进取、诚信无欺，精良的产品确可以建立百年老店。

回归率真、淡泊功利，生动的文化才能够成就千载流传。

放下商业思维，忘记市场需求、获客成本等并无长久意义的盘算，回到我们出发时的初衷：我们为何而来，我们欲往何处？我们只想做能够千载流传的好东西。

于是在大语文这个儿子步入青春期之时，我们有了新的憧憬，可以命名为"新五大梦想"。第一，完成整套"大语文"系列丛书的出版，囊括校内学习、文学文化、写作技巧、课外阅读、非母语者的汉语学习等诸多内容，为语文教育和中国文学文化推广普及做出些微贡献。第二，以教育的视角，制作一部部精良的动漫剧集或真人影视剧，使千年来文学文化史上的关键信息和核心内容得以如"大河小说"一般地记录。第三，以教育的视角，建立一个个还原各朝代各国家的互动式文化体验馆，以浸入式话剧及其他高科技交互方式，使孩子们能够生动浸入、体验到大语文课本中讲述的各个时空场景。第四，研发一系列语文学科的人工智能学习工具，使学生在学语文时遇到的绝大多数问题能够得以低成本、高精度解决。第五，牵头制定一项标准，该项标准能将所有汉语使用者（包括母语学习者、华裔非母语学习者、其他族裔非母语学习者、使用汉语的计算机软件）的汉语水平（尤其是对汉语背后的文化认知水平）在同一体系内进行评价。

又是一粒愿望的豆子种下去，遥望，又是数十年。不知几个十二年之后，我们这个队伍可将"新五大梦想"一一实现。有了"回归率真、淡泊功利，生动的文化才能够成就千载流传"这样的"大语文精神"，我也衷心希望大语文团队能够永秉对语文教育的赤诚之心，将这星星之火种永传下去，不论熊熊烈焰或微弱火苗，皆然。

所幸，多年前我的几位学生，也已陆续加入了大语文战队，看来当年埋在他们少年时代的梦想种子已经发芽。种瓜得瓜，种豆得"神"。

小红豆喜欢绘画，她说她要和我合作画一本绘本。"会赚很多钱，然后送给你。"她说。我问："爸爸平时也不花钱，要那么多钱做什么呢？"小红豆一笑嫣然，说："你可以用来制作更多的书啊！"

这真是种豆得"神"了。

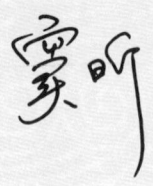

阅读说明

TA这一辈子 再现作家的漫漫人生路，从大文豪的出身家世讲到临终之际。你想知道的名人趣事和八卦，这里应有尽有。

超级访谈 与重量级作家面对面交流，让名家亲自讲述动人的故事。我们耳熟能详的诗篇背后，是一把辛酸泪还是没心没肺的大笑？答案就在《超级访谈》！

特别推荐 《超级访谈》还没看过瘾？《特别推荐》继续由名人为你讲解他的得意之作或者其他大家的千古名篇，揭秘创作背景，透析作品灵魂！

文苑杂谈 深挖作者、作品之外的文学知识。古人怎么取名和字？诗词中曝光率最高的楼阁有哪些？读完《文苑杂谈》，你就是文学常识小百科。

欢乐谷 轻松一刻，用搞笑的四格漫画调侃作家或作品。嘘！千万别笑太大声，不然旁边的人还以为你读书读傻了呢！

七嘴八舌 作家的好朋友是怎么评价他的？作品中提到的人也有话要说？听大家七嘴八舌聊一聊，从不同的角度了解作家和作品。

目 录

历史上的五代 …………………………………… 1

文学中的五代 …………………………………… 7

李　璟　南唐第一"白日梦想家" ……………… 13

温庭筠　晚唐的小透明，五代的大明星 ……… 31

冯　道　政坛上的"不倒翁" …………………… 47

朱　温　能坐皇位，背叛别人又何妨？ ………… 63

李存勖　前半生征战沙场，后半生搭台唱戏 … 81

赵匡胤　皇帝真好当，皇位不好坐 ………… 97

罗　隐　考不上进士的毒舌诗人 ………… 115

黄　巢　考不上进士就造反的起义军首领 … 133

历史上的五代

历史上的五代

五代十国（907年—979年）是中国历史上的一段大分裂时期，是五代（907年—960年）与十国（902年—979年）的合称。

黄巢起义

唐朝末年，阶级矛盾恶化，农民起义频发。在这一阶段的农民起义中，规模最大、影响最深远的当属黄巢起义。

黄巢出身于盐商家庭，年少时很有才华，成年后却考不上进士，便响应当时的私盐贩子王仙芝，加入农民起义。黄巢起义采用流动作战的方式，转战了山东、河南、安徽、浙江、江西、福建、广东等地，当时黄巢军的足迹遍布唐朝的半壁江山。他们运用灵活的作战方式，出其不意攻打防守薄弱的地方，取得了极大的成功，规模最大时人数高达百万。黄巢还曾进入长安称帝，严重威胁了唐朝政府的统治。但是，长期的流动作战致使黄巢军缺乏物资保障和群众基础，最终在唐朝将领李克用等人的猛烈进攻下，起义军失败，黄巢兵败身死。

朱温篡唐

　　轰轰烈烈的黄巢起义虽然失败了，但已严重威胁了唐朝政府的统治，国力日渐衰微，藩镇①割据势力却很强大，朱温就是其中一个。朱温本是黄巢的手下，后来叛黄归唐，他通过大大小小的兼并战扩充势力，成为中原地带数一数二的军阀，还被唐僖宗赐名"朱全忠"。

　　后来，唐僖宗驾崩，唐昭宗继位，他想摆脱宦官控制，却被宦官合谋，将他软禁，准备另立新帝。朱温一看，机会来了，便派人联络当朝宰相崔胤，表示会用武力支持崔胤诛杀宦官，解救唐昭宗。其实，朱温只是借着救皇帝的名义，名正言顺地收拾那些位高权重的宦官们。唐昭宗复位后，朱温就提议迁都洛阳，派人刺杀唐昭宗，另立年仅十二岁的唐哀帝李柷。

　　就这样，朱温收拾了权臣，把唐朝朝廷内外都换成了自己的心腹。于是，朱温开始谋求皇位，威逼唐哀帝将皇位禅让给自己。年仅十二岁的唐哀帝无计可施，只得听从。907年，唐哀帝禅位，朱温正式称帝，建国号为梁，唐朝灭亡，进入五代十国时期。

---

① 藩镇：唐朝中期在边境和重要地区设节度使，掌管当地的军队，后来权力逐渐扩大，兼管民政、财政，形成军人割据，常与朝廷对抗，历史上叫作藩镇。

五代

五代（907年—960年）是指唐朝灭亡后依次定都于中原地区的后梁、后唐、后晋、后汉和后周五个政权。

907年，朱温建立后梁，定都开封，五代开始。923年，李存勖灭后梁，后唐建国，后发生内乱，被石敬瑭引契丹军攻灭，后晋建立。不久后，契丹军南下灭后晋，刘知远在中原建立后汉。刘知远死后，大将郭威受后汉隐帝猜忌，发动兵变灭后汉，建立后周。后周世宗柴荣在位期间政治清明，征战四方，但不幸重病身亡，而后赵匡胤篡位，建立北宋，五代结束。

十国

十国（902年—979年）是在唐朝之后，与五代几乎同时存在的十个相对较小的割据政权的统称。《新五代史》及后代史学家把前蜀、后蜀、南吴、南唐、吴越、闽国、南楚、南汉、南平、北汉十个割据政权定义为"十国"，除了北汉，其他九国都在南方。

十国中，南唐国力最强，但因多次用兵，最后被后周击败。前蜀、后蜀是仅次于南唐的强国，但因沉迷享乐，最后亡于中原。

北宋建立后，攻灭后蜀、平定江南，于979年收复了除交州与幽云十六州外的地区，形成了与契丹（辽）对峙的局面，基本完成祖国统一，十国结束。

赵匡胤建宋

赵匡胤本是后周武将，曾屡立战功，深受后周世宗柴荣的器重。后来，后周世宗柴荣逝世，小儿子坐上皇位，群臣不满。后周显德七年（960年），赵匡胤外出领兵打仗，行至陈桥驿，突然被手下披上龙袍，拥立为皇帝，这就是历史上有名的陈桥兵变。随后，赵匡胤顺利进入都城，接受禅让，建立了宋朝，五代结束。宋朝建立后，平定各地割据政权，基本完成了祖国统一，结束了五代十国时期分裂割据的混乱局面。

文学中的五代

文学中的五代

唐朝灭亡后，藩镇割据的局面延续下来，直接造成五代十国时期分裂混战的局面。当时北方地区战争频繁，作品没有出版、流传下来的机会，因此文学成就很少。南方十国的局势相对稳定，南唐、后蜀两国国力强盛，经济、文化比较发达，文学有所发展。

五代的诗

五代时期的诗上承唐朝余风，下启宋诗，著名诗人有罗隐、杜荀鹤、韦庄等，其中以罗隐在诗坛中成就最高。

罗隐的诗歌题材多反映民间疾苦、讽刺政局黑暗，诗歌语言平易通俗，不失为杜甫、白居易诗风的延续。罗隐诗歌的体裁形式以七言律诗、七言绝句为主，成就很高，代表作有《筹笔驿》《蜂》等。除了七言律诗和七言绝句，罗隐兼有五言律诗、五言绝句及乐府诗的创作。

罗隐的诗对后世影响力很大，直到今天，我们仍然对罗隐的许多名句耳熟能详，比如《红楼梦》第六十三回中，薛宝钗抽到的牡丹花签上写着的"任是无情也动人"一句便出自罗隐的《牡丹花》一诗，现在脍炙人口的名句"今朝有酒今朝醉"就是出自罗隐的《自遣》一诗，原为宽慰自己的洒脱豁达之语，现在来比喻得过且过的人生态度。

黄巢是唐朝末年农民起义领袖，大齐政权的开国皇帝。他粗通笔墨，少有诗才，凭借一首《不第后赋菊》，也在文学史上占据了一席之地。

罗隐和黄巢虽都生活在晚唐时代，但他们的作品和经历都对五代时期产生了重要影响，故将此二人放在《乐死人的文学史·五代篇》中讲解。

偶像词人温庭筠

温庭筠出身于晚唐一个没落的贵族家庭，从小文思敏捷，但因性格放荡不羁、藐视权贵，从而屡试不第，潦倒一生。

虽然他一辈子没有什么政绩，但文学成就非常值得肯定，堪称五代文人偶像级别的人物。温庭筠精通音律，诗和词都写得不错，在世时没人承认，却在死后声名大噪。温庭筠能成为偶像级别的风云人物，后蜀的赵崇祚立了大功。赵崇祚曾编了一本《花间集》，刚出版就火遍大江南北，开卷收录温庭筠的60多首词，词风浓艳华美，文人墨客们纷纷把温庭筠当作自己的偶像。

到了宋代，就连苏轼、李清照这种大咖级别的人物也纷纷效仿温庭筠的诗词。明代著名的戏剧家汤显祖曾评点《花间集》，又在当时社会上掀起了一股"温词热"，可谓"人人读花间，少①长②诵温词"，温庭筠的诗词传播又到了一个高峰。直到今天，温庭筠的热度也丝毫不减。唐圭璋、袁行霈、叶嘉莹、俞平伯等著名词学家都曾评析过他的词；作家施蛰存读温庭筠的词，还写了本《读温飞卿词札记》，相当于我们今天的读书笔记；作家李金山还写了《花间词祖：温庭筠传》，以人物传记的形式纪念这位花间词祖、偶像明星——温庭筠。

五代的词

五代文学的主要成就在于词，当时词的创作中心有两个，一个在西蜀，一个在南唐，以南唐后主李煜的词成就最高。

前蜀后主王衍和后蜀后主孟昶喜爱词艺，聚集了许多文人词客，这些词人奉温庭筠为"鼻祖"，被称为"花间词派"，主要作家有韦庄、牛希济、李珣、欧阳炯

---

① 少：小孩。
② 长：年老的人。

等，其中韦庄成就最高。韦庄词清秀淡雅，与词风浓艳华美的温庭筠不同，二人在词史上并称为"温韦"，其他花间词人多蹈"温""韦"余风，词作精工艳丽却格调不高。

南唐词的成就以冯延巳、李璟、李煜为代表。其中李煜的词成就最高。冯延巳的词没有超越花间词的题材范围，但他在表现爱情相思苦闷的同时渗透了时间与生命意识，如"别离多，欢会少"一句，包含了一层对生命短暂的忧患，提升了词的思想境界。李璟的词，风格清新，语言不事雕琢，对南唐词坛产生过一定的影响。所谓"国家不幸诗家幸"，李煜亡国之后写的词直抒胸臆，感情真挚，突破了晚唐五代"词为艳科"的藩篱，对词的发展有很大贡献，被誉为"千古词帝"。

李璟

南唐第一"白日梦想家"

916年—961年,字伯玉

称　　号:唐元宗[①]、南唐中主
籍　　贯:徐州彭城(今江苏省徐州市)
代 表 作:《摊破浣溪沙》二首、《望远行》

[①] 唐元宗:李璟的庙号。庙号是中国君主死后在庙中被供奉时所称呼的名号,起源于重视祭祀与敬拜的商朝。

TA这一辈子

李璟这辈子

　　李璟初名徐景通、徐瑶（李瑶），于943年继承帝位，因后来受到后周威胁，被迫削去帝号，改称国主。南唐共有三位君主，李璟是第二位，故被后人称为"南唐中主"。

有人说我"反差萌"

　　李璟这人可是个气质儒雅的翩翩美男，六岁时就能写诗。宋代马令的《南唐书》中有记载，说他"美容止，器宇高迈，性宽仁，有文学"，用今天的话说，就是他不光长得好看、气度豪迈，还性格宽厚、有才华。

　　他的父亲李昪是南唐的第一位君主。李昪是个比较保守的人，对外一直采取避战的政策，安定民生，南唐社会经济慢慢发展，成为当时"十国"中的强国。李璟却始终看不上他父亲的保守做法，一心想重振大唐王朝雄风，开疆扩土。于是，他一当上皇帝就想法子打仗，先后组织战争灭亡了闽国和南楚。南唐疆土迅速扩大。李璟在位期间，南唐疆土面积达到了最高峰。

　　谁能想到，这么一个文学气质十足的翩翩美男，却有志征战四方、扩大疆土呢？可以说是外表与性格严重不符了，真是"反差萌"满满啊！

活着就要及时享乐

李璟平时特能花钱。有一次，他在宫中建了一座高楼，召集大臣们都来看，其实就是想炫耀一番。大臣看了，都纷纷拍起马屁，赞叹不已。正当这时，有个大臣说："就是楼下没有修个井。"李璟疑惑，就问为什么。那人回答说："陈后主建的景阳楼下面就有口井，我就是说你这楼不如景阳楼罢了。"李璟一听，气不打一处来，立马给他贬官了。

李璟能花钱，又爱打仗，打仗肯定也要花很多钱招兵买马、购置装备，眼看着钱一天天减少，没钱了咋办呢？李璟就让他的大臣钟谟铸造大钱，用一枚抵十枚，在上面刻上"永通泉货"几个大字作为标志，还沾沾自喜，觉得这样钱就变多了。可这种做法只会让钱越来越"不值钱"。这么一天天下去，南唐社会出现了严重的经济问题。

可李璟不管这些，没事就喜欢读书，和他的大臣韩熙载、冯延巳等人喝喝酒、作作诗。不得不说，李璟的词感情真挚，写得还是很好的，读他的词，你会觉得

他是个不慕荣华富贵的"小清新",绝不会想到他平日生活奢侈,是个这么败家的人。

完了,被针对了

李璟生活奢侈、不爱搞政治,整天想着打仗,南唐政府的国力一天不如一天。俗话说得好,落后就要挨打。当时的后周在周世宗的领导下十分强大,他们看南唐这么弱小又嘚瑟,百姓们怨声载道,就起兵来攻打南唐。

李璟一看,这可惨了,我现在这么穷,哪能打得过强大的后周啊!就开始跟后周谈条件,答应给他们割地。

可后周根本不满足，还是发动战争，抢夺更多南唐的地盘。最后，李璟把江北之地全都给了后周，又赔了钱，甚至把皇帝的称号都给玩没了，只能称自己为"国主"，李璟美好的白日梦就此破灭了。

有一次，后周皇帝周世宗派手下对李璟说："你可以在我在世的时候修建城池，为你的子孙做打算，等我死了，我的后代可不一定能容得下你。"李璟听了，就下令修城。为了避免祸乱，李璟脑袋一热，还想迁都到洪州。大臣们知道洪州狭小，都不想去，但李璟执意要去，也没人能阻拦，便迁都了。可去了之后，李璟就后悔了。洪州果然太狭小，李璟却一直都喜欢繁华热闹，狭小的洪州不光没有玩乐场所，就连南唐官员、家属住的地方都没有。于是，在狭小的洪州，李璟一病不起，在后悔和绝望中死去了。

超级访谈

我爹真窝囊

李璟

做了一阵子皇帝,还是不得不感叹一句,这龙椅真舒服,哎呀!美滋滋,嘿嘿……

儿子,你这皇位坐得如何?

李昪

李璟

哎!老爹,你咋来了?快坐快坐。

我的儿啊,我不放心你啊,特地赶来看看你。你还记得我临终前对你说的话吧?

李昪

李璟

嗯……你让我想想啊……哦!我想起来了,你说屋里给我留了块锅包肉,我都吃完了!

好小子,就知道你把我的话当耳旁风,你是不是要把我气活过来?

李昪

李璟

哎呀,您别生气,还说了啥,再说一遍不就得了?

李昇

我说,等你当上了皇帝,可得和邻国好好处关系,好好发展经济。对了!你还得注意防范北方的国家。

李璟

哎呀!老爹,你那么紧张干吗?这些小国有什么好怕的?我南唐这么强大,早晚有一天,他们都得被我拿下!

李昇

你少嘚瑟了,他们实力强大,可不是好惹的!认真发展经济才是最重要的,你可得记牢了。

李璟

我知道,发展经济才有钱花嘛,这道理我懂,我懂!

李昇

那你给我说说,要怎么发展经济?是不是要保存实力,节约开销?你天天这么奢侈,真是为你发愁!

李璟

老爹啊,我就做个梦,您别骂我了行吗?我以后少花点儿还不成吗?

超级访谈

李昪

好好好,少花点儿才是我的乖儿子嘛!比这更重要的是啥,是你不光要少花钱,还得保存实力,千万别发动战争、四处结仇,和邻国处好关系,才能稳固根基。

李璟

我们可是南唐,就是要延续大唐盛世的!现在默不作声,那不就是给其他国家机会发展吗?等他们超过我们,啥都晚了!就是要趁热打铁,扩大疆土,争取早日实现大一统。

李昪

我的天呐!你……你……你怎么会有这样的想法!你这个不孝子,真是气死我了!我没你这个儿子!

我要进军文艺圈!

我呀,平时就是喜欢读读书、写写词。我有个特喜欢的大臣,叫冯延巳,他是真有才,作了首词叫《谒金门》,一句"风乍起,吹皱一池春水",写得是真好,那天我偶遇冯延巳,就跟他开玩笑,问他"这吹皱一池春水,跟你有什么关系?"没想到他却说这句写得不如我的"小楼吹彻玉笙寒"这一句。哈哈,真是不好意思呢!

"小楼吹彻玉笙寒"这句词就是出自我的作品《摊破浣溪沙·菡萏香销翠叶残》,因为我没想好题目,就用词牌名加上第一句作题了,问题不大,问题不大,嘿嘿。

《摊破浣溪沙》这个词牌又叫"添字浣溪沙""山花子""南唐浣溪沙",就是在原有词牌《浣溪沙》上下片的结尾部分各加了三个字,作为结句。写一首可不够展示我的文采,这个词牌我一共写了两首,都是我的得意之作。

《摊破浣溪沙·手卷真珠上玉钩》是一首伤春之作,我是这么写的:

特别推荐

手卷真珠①上玉钩②，依前③春恨④锁重楼。风里落花谁是主？思悠悠⑤。

青鸟⑥不传云外信，丁香空结雨中愁。回首绿波三楚⑦暮，接天流。

上片的意思是：我用手卷起珍珠做的帘子，给它挂上帘钩，在高楼上我望着重重叠叠的楼阁，还是像从前一样愁绪不断。风里的落花那么憔悴，不知道谁才是它的主人，想到这儿，我的愁思又绵延不绝了。

下片的意思是：送信人没有给我传来远方人的音信，看着雨中的丁香花，我白白地结下忧愁。转眼到了晚上，我回头看暮色里的三楚之地，看到浩浩荡荡的江水从天而降，向远处奔腾流去。

写完了春天，再写首秋天的吧！《摊破浣溪沙·菡萏香销翠叶残》一首，我是这么写的：

菡萏⑧香销翠叶残，西风愁起绿波间。还与韶光共憔悴，

---

① 真珠：用珍珠编成的帘子，帘子的美称。
② 玉钩：帘钩的美称。
③ 依前：依然，依旧。
④ 春恨：春愁。
⑤ 悠悠：形容绵长不绝。
⑥ 青鸟：《史记·司马相如传》："幸有三足鸟为之使。"注："三足鸟，青鸟也。主西王母取食。"这里指带信的人。
⑦ 三楚：指南楚、东楚、西楚。
⑧ 菡萏：荷花的别称。

不堪看。

　　细雨梦回鸡塞[①]**远，小楼吹彻**[②]**玉笙寒。多少泪珠何限恨，倚阑干。**

　　上片的意思是：荷花的香气消散，叶子也凋零，西风吹动绿水，让我兴起愁绪。时光飞逝，人与时光一同日渐憔悴，不能看（这萧瑟的深秋景象）。

　　下片的意思是：细雨天气我梦见回到了遥远的边塞，醒来听到凄凉的寒笙回荡在小楼中。无限的忧愁和遗憾随着泪水流出，只能独自倚靠栏杆，无人诉说。

[①] 鸡塞：泛指边塞。
[②] 彻：古代歌曲大曲中的最后一遍。吹彻就是吹到最后一遍。

特别推荐

　　我这两首词的上片都重点写景,下片重点写人抒情,可真不是我吹牛,这两首词真挚的感情和清新的语言感染了无数的读者,情与景交融一体,真是佳作,连冯大文学家都夸我写得好呢!

　　做皇帝有什么好玩的啊,我这么有才,是块搞文艺的好料子。我宣布:我要进军文艺圈!争取在文艺界闯出一番天地!哈哈!

历史上那些被帝位耽误才华的皇帝们

古代有很多多才多艺的皇帝，可以说是被帝位耽误了才华。就比如梁元帝萧绎吧，他可是个文学奇才，一辈子写过四百多本书，有《金楼子》《孝德传》《忠臣传》《注汉传》《周易讲疏》《老子讲疏》等等，当时的文学家们都不得不佩服他。他还特别喜欢给人画像，被人称为我国历史上最早的"皇帝画家"。可这人皇帝当得不怎么样，在大军压境之际，他还召集大臣们集体上课，给他们讲《老子》，来展示自己的才情，葬送梁朝的"背锅侠"非他莫属。

再比如唐玄宗，他开创了开元盛世，使唐朝进入了全盛时期。但你可能不知道，唐玄宗还是梨园的开创者。梨园是唐朝训练乐工的机构，就是我们今天说的戏班子。在梨园弟子们演奏的时候，唐玄宗经常去"视察"，只要有人出了一点儿差错，他都能立刻纠正。不光会挑错，唐玄宗还能亲自演出，他会琵琶、二胡、笛子、羯鼓等多种乐器，还会作曲，著名的《霓裳羽衣曲》就是他创作的。

再说个唐朝第十九位皇帝李儇，他平时天天玩乐，

把朝廷大事全部塞给宦官处理。他的玩乐项目都有什么呢？斗鸡、赌鹅、骑射、击剑、音乐、围棋……这么说吧，几乎所有娱乐项目他都会玩。在这些娱乐项目中，最值得一提的还是他的足球技术，他曾向人炫耀说："朕要是参加击球考试，应该中个状元。"李儇是个名副其实的足球爱好者，甚至按踢球技术的高低来任命官员。要是唐朝就有世界杯，说不定李儇真能踢个冠军！

宋代有个宋徽宗，名叫赵佶，也是个多才多艺的皇帝，对皇位、财物从不在乎。据说金兵南下攻破北宋之时，宋徽宗知道财宝等被掠夺也不在意，而听到皇家藏书也被抢走，才开始仰天长叹，一副十分惋惜的样子。他的书法写得很好，还自创了一种字体，被后人称为"瘦金体"，这种字体笔迹瘦劲，很有特色。他不光在书法方面有造诣，还是工笔画的创始人，在他的画中，既有花鸟，又有山水、人物、楼阁，提倡诗、书、画、印结合。此外，他的诗词写得也非常好，根本不输文学大家。有首词叫《燕山亭·北行见杏花》，就是他在被金军掳走的北行途中写下的，用杏花盛开时的娇艳和被风雨摧残后的衰败作对比，来暗示自己悲惨的境遇。

这些"皇帝艺术家"们个个身怀绝技，一个比一个厉害，真是被帝位耽误了才华啊！

欢乐谷

七嘴八舌

李昪

我这儿子啊，可真是不适合做皇帝，唉……真是气死我了。

一点儿经济常识都不懂，还让我铸大钱，这下完了吧，活该！

钟谟

冯延巳

快来快来，跟我一起喝酒作诗。

扫二维码，听精彩讲解

温庭筠

晚唐的小透明，五代的大明星

约 812 年—866 年，字飞卿

别　　名：温岐、温八叉、温八吟
主要成就：擅长诗词创作，是"花间词派①"鼻祖
籍　　贯：太原祁县（今山西省晋中市祁县）
主要作品：《商山早行》《苏武庙》《菩萨蛮》

---

① 花间词派：中国古代诗词流派之一，其名得自后蜀赵崇祚所编词集《花间集》。《花间集》是我国第一部词集，收录了温庭筠、韦庄等人的词作，内容多为旅愁闺怨。

TA这一辈子

温庭筠这辈子

温庭筠出身于一个没落的贵族家庭，从小文思敏捷，却恃才傲物，放荡不羁，时常讥讽权贵，因此屡试不第，潦倒一生。温庭筠精通音律，擅长写诗作词。在诗方面，他与李商隐齐名，并称"温李"；在词方面，他与韦庄齐名，并称"温韦"。他还被尊为"花间词派"鼻祖，在词史上有着重要地位。

会作诗的"钟馗"

温庭筠因长得丑被人调侃，称把他的画像挂在门上可以避邪，还给他起了个外号叫"温钟馗"。钟馗是道教俗神，专门负责打鬼驱邪，人们认为把钟馗的画像挂在门上能够避邪除灾。给温庭筠起了个"钟馗"的外号，可见温庭筠是真丑，光靠着一张脸就能把鬼吓跑。

温庭筠这个"钟馗"可不一般，他虽然长得不好看，但特别有才，从小文思敏捷，作诗又快又好。当时科举考试要求作律诗，每句押韵，因为律诗有八句，所以一共需要押八次韵，并要求考生在三根蜡烛烧完之前作成，很多考生冥思苦想，反复打草稿，无法在规定时间内作完。而温庭筠有个本领，他不需要打草稿，只需要叉手，

TA这一辈子

叉一次手就想出一句诗,叉八次手,诗就作完了,温庭筠还因此得到了一个响亮的名号——"温八叉"。

原谅我放荡不羁爱自由

温庭筠这么有才的一个人,可就是怎么考科举也考不上,为啥呢?温庭筠这人特喜欢玩,整天和纨绔子弟们混在一起饮酒、赌博。朝廷一看,让这种人做官,传出去影响不好，便故意不用温庭筠。温庭筠看自己考不上，就开始帮别人考试，常常替他边上的人答卷，就这样，温庭筠的名声更差了。

不光是这样，温庭筠仗着自己有才，还不把人放在眼里，常常得罪权贵。当时的宰相令狐绹本来很赏识温庭筠，拿温庭筠作的《菩萨蛮》二十首进献给唐宣宗，却说是自己所作，并告诉温庭筠对此事保密。可温庭筠哪能受这种委屈？直接就给宣扬出去了，弄得人尽皆知。还有一回，唐宣宗作了一首诗，里面有"金步摇[①]"一词，温庭筠对了个"玉条脱[②]"，"金步摇"对"玉条脱"，十分工整美观，宣宗听了，非常高兴。这时候令狐绹又来了，他不知道"玉条脱"是什么东西，就问温庭筠。温庭筠说"玉条脱"出自《南华经》[③]，并不是什么冷僻的书，还让令狐绹在工作之余多读古书，增长知识。直接当面教训当朝宰相，一点儿也没给他留面子。就这样，温庭筠把原本赏识自己的宰相也给得罪了。

---

① 步摇：古代妇女插在头上的首饰，随着人走路摇晃，因此得名。
② 条脱：古代的一种类似于镯子的首饰。
③《南华经》：本名《庄子》，是一部道家经典著作，为战国时期庄子及其门徒所著。

没出道？太可惜了

温庭筠不光会写诗，词写得也很好，虽然在世时没人承认，但死后声名大噪。后蜀的赵崇祚编了一本词集，名叫《花间集》，开卷就收录了温庭筠的60多首词，还收录了一些其他人的词，内容多为闺怨。后来，这本《花间集》大火，温庭筠也被尊为"花间词派"鼻祖。

五代时期乃至后世文人墨客纷纷把温庭筠当作自己的偶像，效仿他的诗词，如温庭筠在他的词《更漏子·玉炉香》中有一句"梧桐树，三更雨，不道离情正苦"就得到了苏轼、李清照两位大咖的青睐。苏轼的《木兰花令》第一句便是"梧桐叶上三更雨"，李清照的《声声慢》中也有名句"梧桐更兼细雨，到黄昏、点点滴滴"，明显化用了温庭筠的这句词。到了明代，著名戏剧家汤显祖评点《花间集》，更是在当时掀起一股"温词热"，几乎人人会背温庭筠的诗词。估计温庭筠怎么也没想到，自己竟然在死后成了大明星。

超级访谈

我当上"花间词派"鼻祖啦!

赵崇祚

今天天气真不错,满院子的花都开了。我编的那本《花间集》也出版了,没想到呀,刚出版就火了,嘿嘿,真是太开心了!

什么《花间集》?拿来给我瞧瞧。

温庭筠

赵崇祚

哎?温老先生,您咋来了,您可是我的偶像啊!我编《花间集》就是为了您呀!

哦?是吗?听说最近我火了,他们还给我起了个雅号,叫什么……"花间词派"鼻祖?这是你的功劳吧?

温庭筠

赵崇祚

哈哈,什么功劳不功劳的,您过奖了,还不是您的词写得好?我只是编在一起给大家看看罢了。

你就别谦虚了,来,跟我说说,你为啥取名叫《花间集》?

温庭筠

赵崇祚

因为我收录的这些词主要写上层贵妇美人的日常生活和装饰容貌,不都说女人像花一样吗?所以我就给这集子取名叫"花间"。

哦!那你这《花间集》是咋编的?

温庭筠

赵崇祚

《花间集》共收录了500首词,分10卷。我收录的词呀,基本都是旅愁闺怨词。开篇我就收录了您作的60余首词,还收录了两位晚唐词人和15位后蜀词人的这类词。这集子不是叫《花间集》吗?所以他们称您为"花间词派"鼻祖。

原来是这样,你们后蜀有个叫韦庄的,他的词是不是写得不错,我不是写过14首《菩萨蛮》吗?记得他也写了5首《菩萨蛮》,前三首是对江南情事的追忆,后两首重在寓居洛阳的所经所感。明写离别时的相思怀念,暗写对故国的追思之情,水平不在我之下,你咋不捧他呢?

温庭筠

赵崇祚

韦庄的词写得确实不错,可以和您媲美,哈哈!但是您明显是这类型词的开山鼻祖啊!肯定要把您放在头一位,后面词人的词风多多少少是受您影响的。

超级访谈

过奖，过奖，我呀，多亏你小赵了。

温庭筠

赵崇祚

还不是您的词写得好？我只是好词的搬运工罢了。

别谦虚，你也很厉害，《花间集》可是我国第一部词集呀，在词史上的地位那是相当高的。真想不到啊，我的词竟然也能火遍大江南北，真是太荣幸了。走了，小赵！有机会下次再聊。

温庭筠

赵崇祚

原来是一场梦啊，不过能在梦里得到偶像的夸奖，还是非常开心的，哈哈！

我，诗词兼修的王者

我这么有才的一个人，不光会写诗，还会写词，可就是考不上科举，你说气不气人？好多人都夸我文笔好呢！什么？你不了解我的诗词？今天我就来给你好好介绍介绍。

我先给你说说我的诗，我写的诗超多，战争、爱情、历史、政治等各种题材都写过，诗歌体式方面，我最擅长乐府诗和近体诗。在近体诗中，我有首五律咏史诗叫《商山①早行》，我给你讲讲啊：

晨起动征铎②，客行悲故乡。鸡声茅店月，人迹板桥霜。槲③叶落山路，枳④花明驿⑤墙。因思杜陵⑥梦，凫⑦雁满回塘。

意思是这样的：黎明时起床，就把车马上的铃铛震动了。我一路远行，悲伤地思念着故乡。鸡声嘹亮，茅

---

① 商山：山名，在今天的陕西省，作者离开长安，经过此地。
② 铎：大铃铛。
③ 槲：一种树名，它的叶子在冬天干枯却不落，在春天树枝发芽时才落。
④ 枳：果实像橘子一样的树木。
⑤ 驿：古时暂住、换马的处所。
⑥ 杜陵：地名，在长安城南。
⑦ 凫：野鸭。

特别推荐

草店沐浴着月的光辉,人迹稀少,木板桥上都还覆盖着早春的一层寒霜。

槲叶落满了山路,枳花在驿站的泥墙上鲜艳地开放。于是(我)就想起在杜陵那天晚上的梦,梦见成群的野鸭和大雁在圆而曲折的湖塘里嬉戏。

你应该看出来了,我这首诗抒发了我漂泊在外的孤寂和思乡之情,流露出我的失意与无奈。全诗没有写"早",却通过霜、茅店、鸡声、人迹、板桥、月六个意象,把初春山村黎明特有的景色描绘了出来,我厉害吧?哈哈!

特别推荐

再给你介绍一首我的闺怨词，就说《望江南·梳洗罢》这首吧！

梳洗①**罢，独倚望江楼。过尽千帆**②**皆**③**不是，斜晖**④**脉脉**⑤**水悠悠。肠断**⑥**白蘋**⑦**洲**⑧**。**

意思是这样的：梳洗完毕，独自一人登上望江楼，倚着柱看江。上千艘船过去，所盼望的人都没有出现，太阳微弱的余晖洒在江面上，江水缓缓流动。思念的柔肠萦绕在那片白蘋洲上。

这首词内容很简单，写的就是思妇盼人，人不归。"过尽千帆皆不是"，写的是思妇的希望渐渐落空的过程。斜晖有意，流水有情，太阳马上就落山了，还是盼不到那个思念的人，怎能让人不伤心断肠？思妇盼人心切，真让人唏嘘啊！读完我这首词，你是不是也觉得很难过？

我真是个诗词兼修的王者，哈哈，真不是我自恋，这话可不是我说的，是别人说的哦！

---

① 梳洗：梳头、洗脸。
② 帆：船上使用风力的布篷，这里代指船。
③ 皆：都。
④ 斜晖：日落前的日光。晖：阳光。
⑤ 脉脉：含情凝视，情意绵绵的样子。这里形容阳光微弱。
⑥ 肠断：形容极度悲伤的样子。
⑦ 白蘋：一种开白色花的水草，古时男女常采蘋花赠别。
⑧ 洲：水中陆地。

那些死后成名的中外名人

温庭筠生前籍籍无名、潦倒一生,却在死后一举成名,成了后人眼中的偶像,他的诗词至今仍被传诵。像温庭筠这样的人在古今中外有很多,今天就让我们来盘点一下那些死后成名的中外名人吧!

先说我国古代的蒲松龄,他在世时相当贫苦,靠给人当私塾先生才能维持生计,家里破到连门都没有,一家人经常挨饿。而在他死后,他写下的《聊斋志异》被世人熟知,被现代文学家郭沫若评价为:"写鬼写妖高人一等,刺贪刺虐入骨三分。"

写下《红楼梦》的曹雪芹，在世时也相当贫困。曹雪芹本是宗学的老师，这种学校专收宗室子弟，相当于我们今天的贵族学校的老师，每个月都有不错的收入。但曹雪芹看清了社会的黑暗，放弃了这份工作，迁居西山，生活窘迫，甚至到了靠友人接济的地步，最终竟因请不起大夫，自己的儿子病死了。

荷兰的大画家凡·高，相信你并不陌生。他一生画了上千幅画，却只卖出一幅，在世时穷困潦倒，默默无闻，且因长相丑陋、性格古怪，终身没有讨到老婆，靠弟弟救济生活。他一定想不到，他死后被西方尊为画圣，已成为艺术的代名词，画也被卖出天价。

20世纪奥匈帝国德语小说家卡夫卡，现代派文学的奠基人之一，被尊为西方现代主义文学的先驱和大师。但你知道吗？这样一个大明星生前也默默无闻，他生在一个不太美满的家庭，父亲与自己关系很差。他曾经试图在学校好好学习法律，但最后却做了个保险公司的小职员，这样的工作让他非常沮丧，于是他辞掉工作，以便有更多的时间可以进行创作，可他创作的作品几乎都没有发表。后来，卡夫卡患上肺结核，41岁就英年早逝，逝世前还嘱咐好友烧掉自己的手稿，所幸好友没有舍得，不然我们就无法看到《变形计》《城堡》等一系列优秀的作品。

文苑杂谈

初唐四杰①之一的王勃曾在其作品《滕王阁序》里写道:"时运不齐,命途多舛",道出了千百年来那些壮志难酬之人的心声。总有些千里马遇不到伯乐,可能他们本就不该属于那个时代,但虽然潦倒一生,是金子总会发光,他们在死后成为最耀眼的明星,横亘在历史的长河中,影响着一代又一代人,又何尝不是值得我们敬佩的人呢?

---

① 初唐四杰:唐朝初年,文学家王勃、杨炯、卢照邻、骆宾王合称为"初唐四杰"。

七嘴八舌

令狐绹

你也太不给我留面子了,气死我了!活该你考不上科举!

有才是有才,就是名声太差了,唉……

唐宣宗

李清照

偶像!偶像!看看我写的词咋样,没给你丢脸吧,嘿嘿。

扫二维码,听精彩讲解

冯道

政坛上的"不倒翁"

882年—954年,字可道,号长乐老

称　　号:"十朝元老"
籍　　贯:瀛州景城(今河北省沧州市西)

TA这一辈子

冯道这辈子

冯道是五代十国时期的著名宰相，先后辅佐了四朝十代君王。在后唐明宗的赏识下，冯道以唐朝开成石经①为底本，主持国子监对儒家经典"九经②"进行刻板印刷，这是中国历史上首次大规模的官方印书。

年度"读写标兵"获得者

要是在五代十国评个"读写标兵"，冯道可真是再合适不过了。冯道家不算什么名门大家，但绝对算个书香门第。他爸是唐朝的秘书少监，相当于今天的国家图书馆副馆长，掌握一手图书资料，家中藏有不少儒家经典。冯道从小就泡在书堆里，不管是破旧的屋子，还是窗外的大雪，都不能阻挡冯道看书的脚步。可以说，冯道不是在看书，就是在看书的路上。冯道年纪轻轻便积累了一肚子的"墨水"，也培养出了善写文章的能力。冯道文章写得好，小有名气，便被当时控制景城的军阀刘守光

---

① 唐朝开成石经：唐朝开成二年刻成的石经，内容包括了儒家最重要的12部典籍。
② 九经：九部儒家经典的合称。九经在不同历史时期有不同的说法。在唐朝，九经包括《易》《书》《诗》、"三礼"（《周礼》《仪礼》《礼记》）、"三传"（《左传》《公羊传》《谷梁传》）。

看中，从此踏上了仕途，平日里读读写写，在"读写标兵"的称号下越走越远。

后唐明宗李嗣源即位后，问当时的宰相安重诲说："前任皇帝时有个冯道，现在做什么官呢？"安重诲说："他在当学士。"明宗早就听说过冯道，认为他文笔好，是个当宰相的料，就任命冯道为端明殿学士，调任兵部侍郎，一年后，就拜冯道为宰相了。冯道当上宰相后，更有了施展才华的空间，就连当时明宗的尊号①都是冯道负责起草的。冯道特别擅长创作韵文歌赋，语言优美典雅，又能说明深刻的道理，被朝中大臣一致认可，常常被世人传诵。

莫生气，人生就像一场戏

后唐时期，工部侍郎任赞曾在背后讥讽冯道："他要是走得急，准从身上掉下一本《兔园册》来。"《兔园册》是当时教小孩的课本，内容浮浅简单，任赞明摆着是在讽刺冯道。冯道知道后并没有动怒，而是把任赞叫来，说道："《兔园册》是著名儒者编撰的，并非浅薄之作。现在的读书人，只知欣赏俏丽的文辞，好窃取功名高位，

---

① 尊号：古代尊崇皇帝、皇后的称号。一般很长，如唐玄宗的尊号是"开元天地天宝圣文神武孝德应道皇帝"。

那才是真正的浅薄呢!"任赞听了,顿时愧疚得说不出话来。

唐末帝年间,冯道担任司空一职,朝廷当时没什么事分给他,就让他负责祭祀扫除,只需要在祭祀的时候负责大扫除,平时根本无事可做。这么无聊的职事简直是瞧不起冯道!大家都担心他会生气,不答应做这个司空。可冯道得知后却笑道:"扫除也是司空的职责,我有什么不能做的。"

还有一次,有人牵驴入市。驴脸挂着一个牌子,上面写着"冯道"二字。冯道得知后,又是毫不动怒,只笑笑说:"这可能是驴丢了,在找寻失主,天下同名同姓的人很多,有什么奇怪的?"想让冯道生气,可真是难啊!

我就是该省省，该花花

冯道生于乱世之中，从小家境一般，却从来不以衣食鄙陋为耻。在梁晋争霸时，冯道随军出征，就住在茅草屋中，睡在一捆喂马用的干草上。这么个大官，竟然连张床席都没有！

平日里冯道也是出了名的"抠门"，他做官发了薪水也从不乱花，吃穿都很简朴，甚至和他家的仆人在一个锅盆里吃饭。慢慢地，冯道"抠"出了一笔自己的小金库。

后来，冯道因为父丧离职，回老家景城守孝。当时正逢灾荒，百姓收成不好，他就把自己的"存款"一下子全拿出来赈济乡民，一分一分攒下来的钱就这么一下子花没了。冯道自己却还是住在茅草棚中，亲自种地、背柴，甚至还帮同乡百姓一起耕种。乡亲们纷纷登门道谢，冯道却觉得这只是个"举手之劳"。

超级访谈

坚持变法,我又行了!

仆人

老爷!老爷!不好啦!街上好像有个什么名人在宣讲,皇帝、大官都来了,把门口围得水泄不通的,小姐急得直哭呢,您快去看看吧!

是什么大明星这么不识抬举,敢挡我家的门?容我去看看。

王安石

冯道

正是"但教方寸无诸恶,狼虎丛中也立身"呀!哈哈哈哈……好了,大家快回家吃饭吧,今天就讲到这儿了!

哎?冯道兄!您怎么在这儿!您可是我的偶像啊!快快快,刚好讲完了,来我家吃饭,我家什么好吃的都有。快来人啊,给冯道兄倒茶!

王安石

冯道

客气了,客气了,我天天粗茶淡饭的,吃不惯大鱼大肉。这样吧,给你签个名我就走啦,下午还要接着讲"立身"一章呢!

不不不，好不容易让我逮着您，可不能轻易放您走！最近有个烦心事，想向您请教一番。
王安石

冯道
哦？堂堂北宋大宰相，还有烦心事呢？说来听听，看看我能不能帮上你的忙。

是这样的，我最近想实施一场变法，虽然神宗有心支持，可朝中有小人当道，变法一涉及他们的利益，就难以推行了。唉，这变法再推行下去，恐怕我的小命都要不保了。
王安石

冯道
刚刚我还讲到这个了呢，你没听到吗？

怪我出门晚了，只听到您说"**但教方寸无诸恶，狼虎丛中也立身**"一句，我不太懂其中的含义，麻烦您给我再讲一遍吧。
王安石

冯道
好吧。这句诗出自我的《偶作》，意思就是：只要自己内心没有邪恶之念，就算在极险恶的环境中也能立身。

超级访谈

王安石

我是为了国家繁荣才实施变法的,当然没有恶念了。可那些大官为了自己的利益,不愿意变法,他们心有恶念啊!唉!

冯道

王兄,别急。自古以来,哪个朝廷没有小人当道?这是很正常的。我有一本专门研究小人的书,叫《荣枯鉴》,我在里面也说过:"名者皆虚,利者惑人,人所难拒哉。"意思是说:名誉都是虚无的,利益是能诱惑人的,名利都是人难以抗拒的。你触及了他们的利益,他们当然会阻止你变法啦!但只要你自己做到心无恶念,就能在狼虎丛中立身,既然皇帝都愿意支持你,你还怕什么呢?

王安石

噢,我好像懂了,原来善念就是最好的"护身符"。不愧是"十朝元老"啊!真是太感谢您了!下午您的讲座我一定搬小板凳来听!

冯道

过奖过奖,哈哈哈哈……

王安石

嗨,原来是场梦啊!元气满满的一天,从梦到偶像开始!今天定要继续推行变法!

我该出个讲稿集了

最近老是有人请我去各地宣讲自己的为政之道，说我先后辅佐四朝十代君主，都快成名人了！有好多人因为没听过我的宣讲，表示很遗憾，看来我该出个讲稿集了，哈哈！

前些日子做了个问卷调查，整理了一些我准备的演讲主题，从投票结果看，"长乐"这个主题的呼声最高，看来大家都很想变得更快乐啊！今天我这个"长乐老"就去给大家讲讲快乐的秘诀，必要让大家快乐长存，嘿嘿！

我准备先给大家介绍我的作品《长乐老自叙》。在《长乐老自叙》里，我先讲了自己的生平经历，最后一段总结了我的生平，并阐述了我对人生的看法。有几句我要重点拿出来说一说。

先说说我做事的原则吧："**所愿者下不欺于地，中不欺于人，上不欺于天，以三不欺为素**[①]**。贱如是，贵如是，长如是，老如是。**"意思就是说：我所希望的是下不欺骗地，中不欺骗人，上不欺骗天，把这"三不欺"作为一贯的准则。贫贱是这样，富贵也是这样，年壮是这样，年老

---

① 素：原则，本质。

特别推荐

也是这样。

再说说我对死亡的看法吧:"**六合**①**之内有幸者,百岁**②**之后有归所。无以珠玉含,当以时**③**服敛**④**,以籧篨**⑤**葬,及择不食之地而葬焉,以不及于古人故。**"意思就是说:我是天下之中有幸的人,死后能有个好的归宿。不用口含珠玉,应当穿平常的衣服入殓,用竹席裹葬,并选一个不长粮食的地方埋在那里,是因为我赶不上古代贤人的缘故。另外,我还提出了死后不要以杀生祭祀,不要立神道碑,不要有谥号,一切从简嘛,我才不要这些东西呢!

我是个知足常乐的人:"**于此日五盥**⑥**,日三省,尚犹日知其所亡**⑦**,月无忘其所能。为子、为弟、为人臣、为师长、为夫、为父,有子、有犹子、有孙,奉**⑧**身即有余矣。**"意思就是说:每天五次洁手,三次反省,才能每天知道自己的过失,每月不忘自己应该去做的事。作为儿子、弟弟、人臣、师长、丈夫、父亲,有儿子、侄子、孙子供养自

---

① 六合:常用于指上下和四方,泛指天地或宇宙。
② 百岁:指长时间,此处是死的讳称。
③ 时:平常。
④ 敛:收,此处指入殓。
⑤ 籧篨:竹席。
⑥ 盥:洗。
⑦ 亡:过失。
⑧ 奉:供养。

己就足足有余了。

在全文结尾处我说:"时①开一卷,时饮一杯,食味、别②声、被色③,老安于当代耶!老而自乐,何乐如之!"意思就是说:有时读一卷书、饮一杯酒、吃美食、辨别佳音,秉五行而生,一直到老,安乐于世!年老却能自己感到快乐,还有什么快乐比得上呢!哈哈,我的快乐就是这么简单,看看书、喝喝酒、吃美食、听音乐……这就是我的快乐之源!

① 时:有时。
② 别:辨别。
③ 色:指人秉五行而生,五行有色。

特别推荐

为什么我做这些简单的事情就能这么快乐呢？我认为还有一个重要原因，那就是我对万事万物看得都比较透彻。所以讲完"长乐"，我要接着讲一首诗，名叫《天道》："**穷达皆由命，何劳①发叹声。但知行好事，莫要问前程。**"意思是说：不管贫穷还是富贵都是命运决定的，不需要长吁短叹。只管把握现在做好当下的事，不要管将来会怎样。我这么写，就是想直截了当地告诉大家，只需要做好自己该做的，不要考虑其他的事情。那有人就会问了，为什么呢？于是我接着写道："**冬去冰须泮②，春来草自生。请君观此理，天道甚分明③。**"意思是：冬天过去了冰雪一定会消融，春天来了花草自然会开放。你要是能参透这个道理，就能把世间的万事万物看清了。

不说了，演讲时间快到了，我得走了。希望大家都能像我一样知足常乐呀！哈哈……

---

① 何劳：何须烦劳，用不着。
② 泮：融解。
③ 分明：清楚。

历史上的那些N朝元老

如果你在古代当上了皇帝,你会接着用之前皇帝身边的大官吗?答案基本是不会的。皇帝嘛,为了自己政权的稳定,肯定要派自己信得过的人做官。有个成语叫"三朝元老",指的就是先后受到三代皇帝重用的人,在今天用来指在一个地方长期工作的人。从这个成语我们就能猜到,古代能历经三朝做官的人那肯定是少之又少了。冯道先后辅佐十位皇帝,是我国历史上唯一一位"十朝元老",可以说是个政坛奇迹。

历史上有不少N朝元老。比如唐朝有个人叫郭子仪,他先后历经七位皇帝,分别是武则天、唐中宗、唐睿宗、唐玄宗、唐肃宗、唐代宗、唐德宗,是个典型的"七朝元老"。郭子仪这人特别有气魄,有一次回纥人想卖给唐朝一万匹马,但唐朝当时也没钱,准备只买一千匹。郭子仪听说了,就说:"回纥人对我们有功,应该报答他们。而且国内也需要马,我缴纳一年俸禄,帮朝廷出马钱。"虽然当时皇帝没同意,却也受到了大家的广泛好评。安史之乱后,郭子仪作为唐朝将领,用计劝退吐蕃的入侵,两次收复当时的首都长安。晚清四大名臣之一

文苑杂谈

的曾国藩在列举历史上立德、立功、立言"三不朽"名人时,就把郭子仪放在了"立功"之中,和萧何、岳飞等人并列,可见郭子仪真是个大功臣。

再比如明朝的大臣马文升,他先后辅助代宗朱祁钰、英宗朱祁镇、宪宗朱见深、孝宗朱祐樘、武宗朱厚照,当了56年的官,历经五朝身居高位,有"五朝元老马文升"之称。马文升自己曾经说过:"我在兵部任职的时候,每天晚上我的心都在边境上走一圈;我在吏部任职的时候,每天晚上我的心都在国内走一圈。"听的人觉得很疑惑,心怎么还能自己走路啊?马文升接着说:"心在边境走是因为我在兵部要思考武装配备的事,心在国内走是因为我在吏部要考量人才。"你要是不了解马文升,一定觉得他这话是在吹牛。他还真不是吹牛,作为历经五朝的元老,马文升文武双全,还名列"弘治三君子"之一呢!

七嘴八舌

李嗣源

早就听说你小子有点儿东西,朕真没看错人!哈哈哈!

本想嘲笑你一番,没想到是我不自量力了啊,真尴尬……

任赞

王安石

元气满满的一天,从梦到我的偶像开始!

扫二维码,听精彩讲解

朱温

能坐皇位，背叛别人又何妨？

852年—912年，后梁开国皇帝

别　　名：朱全忠、朱晃
谥　　号①：神武元圣孝皇帝
庙　　号：太祖
籍　　贯：宋州砀山（今安徽省宿州市砀山县）

---

① 谥号：君主时代帝王、贵族、大臣等死后，依其生前事迹所给予的称号。

TA这一辈子

朱温这辈子

朱温生于唐末乱世，起初跟随当时的农民领袖黄巢起义，后来背叛黄巢、归顺唐朝。在当时皇帝唐僖宗的赏识下，朱温慢慢扩张势力、掌握兵权，最后推翻唐朝、夺取帝位，建国号梁，史称"后梁"，是五代时期的第一位皇帝。

种地？我可是大将军

朱温的父亲去世得早，朱温从小就跟母亲寄居在一个叫刘崇的人家中。那时候的乡亲们都以种地为生，可朱温觉得自己很有大将风范，应该是个大将军，从来不爱干农活。朱温生于唐末乱世之中，那时的社会动乱不安，土匪团伙兴起，其中最具规模的当属黄巢军。朱温一看，施展抱负的机会来了，便离开了刘崇家，和二哥朱存一起加入了黄巢军。

在奉黄巢之命攻克同州的战役中，朱温很快便取得胜利，可没过多久，就又被当时唐朝的河中节度使王重荣击败了。朱温见敌军势力庞大，便向黄巢请求支援，可支援的消息都被拦截了，黄巢并没有收到消息。眼看着援军迟迟未到，黄巢军心日渐涣散，朱温便背叛了黄巢，率领同州军民投降王重荣了。

王重荣知道朱温是个骁勇善战的大将，立即写奏章上报朝廷。唐僖宗闻讯大喜，立刻封朱温为左金吾卫大将军、河中行营副招讨使，又给朱温赐名"全忠"。从这以后，朱温屡战屡胜、战无不克，为镇压黄巢军做出了巨大贡献。

以少胜多这件事，没人比我更擅长

朱温加入唐僖宗的阵营后，常常有军队不听唐朝皇室的指挥。有个叫秦宗权的人借此机会造反，先后攻陷多座城池，所到之处烧杀抢掠，民不聊生。为此，朱温多次出兵与秦宗权交战，可秦宗权军队人数是朱温军队的好几倍，朱温一时难以攻克。

光启三年（887年）春二月一日，朱温派部下朱珍招兵，招到一万余人，朱温十分高兴，认为有希望击败秦宗权了。就算招到了人，秦宗权的军队人数还是远超朱温。朱温只得在战略上下功夫，他见秦宗权手握重兵却迟迟不动，便推测秦宗权正在等待时机。为了达到出其不意的效果，朱温亲自领兵进攻，在敌军没有防备的情况下攻下四座营寨，杀掉一万余人，敌军吓得以为有神仙在帮助朱温。二十七日，秦宗权的部将卢瑭在河岸扎营，朱温便带领精兵，乘着大雾闯入卢瑭军营中，攻其不备，敌军纷纷跳河逃跑，就连卢瑭也跳河自杀了。

　　同年五月三日，朱温从酸枣门出兵，与秦宗权军队展开了一场近距离的激烈厮杀，朱温军队大获全胜。五月八日，援军赶到，朱温便命令军队在汴水边摆开阵势，故意给秦宗权看，把秦宗权吓得不敢出军营。第二天，朱温大军一举进攻秦宗权军营，杀敌两万多人，缴获物资无数。秦宗权见大事不妙，只得携少许部下偷偷逃走，秦宗权以失败告终。短短几个月的时间，朱温多次以少胜多，最终击败了强敌。

我要当皇帝，谁都不许拦我

朱温打仗这么厉害，又有唐僖宗的赏识，很快便被封为梁王。升官后的朱温逐步扩张自己的势力，甚至达到了权倾朝野的程度。终于，朱温按捺不住自己的野心，准备背叛唐朝，坐上皇位。

于是，朱温率领自己的大军进入关中，强迫当时的皇帝唐昭宗迁都到洛阳，其实就是为了将他控制起来，没过多久便杀了他，另立了一个十二岁的小孩为皇帝。可杀了皇帝还不够，朱温怕当时的朝中大臣不肯听自己的指挥，便听取谋士李振的建议，在一个叫白马驿的地方将当时朝中大臣三十余人通通杀死。李振见这些大臣都被杀，又对朱温说："这些大臣之前说自己是朝堂上的一股清流，现在不如将他们的尸体投入黄河，让他们成为浊流。"朱温听后，便命人把这些尸体投入黄河之中，历史上把这件事称为"白马驿之祸"。

朱温见唐朝已经没有了与他抗争的能力，急于登上皇位，便匆匆接受了小皇帝的禅让，建国号梁，史称"后梁"。

我得变个法子治军

朱温

侍卫刚刚传信说有个名叫孙武的人觐见，我的偶像孙武已过世多年了，不应出现在我皇宫啊！此事甚是奇怪，让他进来，容我一探究竟。

臣孙武，参见皇上。

孙武

朱温

哇！你……你怎么来了？你可是我的偶像啊！哈哈，不必多礼，快来人，快倒酒来，今日可得让我好好款待你一番！

客气了，客气了，看你军队治理得井井有条，打仗也打得不错，现今坐上皇位，我特意来恭喜你的。

孙武

朱温

嘿嘿，我啊，一介莽夫罢了！别提了，这皇位也坐不安稳啊，最近真是犯愁死了。

有什么烦心事？说来听听。

孙武

朱温

你也知道，我征战四方，为了更好地管理军队，我设立了严格的军法，叫作"跋队斩"，如果将校阵亡，就把他部队所属的士卒也全部斩首。我想着让士兵们勇于杀敌、保护自己的将领，省得他们一个个贪生怕死，我就打不成胜仗了。

孙武

嗯……治军严明是对的，有严格的军，士兵们才能听从命令，我在吴国的时候，面对吴王治理女兵的难题时，杀掉了两名违反军队纪律的吴王爱妃，才把她们管理得井井有条。但是，军法过于严苛也是会产生问题的呀！

朱温

唉，是啊是啊，将领死了之后，士兵们害怕受到军法处置便不敢归队，偷偷逃跑。为此，我命令给军队士兵面部刺上军号，便于抓回逃跑的士兵。可这样一来，逃跑的士兵因怕被处死无法归队，又因为脸上的记号无法乘车远逃，便只好藏在深山野林中做起了强盗。这么一来，不光是军队不好管理，连百姓也跟着遭殃了。

超级访谈

孙武：听你这么说，确实应该改一改你这治军的法子了，否则受苦的还是百姓啊！

朱温：孙武先生有什么治军良策吗？可否向我传授一二？

孙武：治军严明固然重要，但现在你已经坐上皇位，百姓的安危、社会的安定才是更为主要的，现今这样严格的治军方法恐怕不能继续施行下去了，你应该采取一种更加人性化的治军方式啊！

朱温：嗯嗯，这正是我想说的，你可真是我的知音啊！如果赦免这些人的罪过，也允许脸部刺字之人回到故乡，那些迫不得已当盗贼的人必然会大大减少了。

孙武：如此一来，甚好，甚好。

朱温：哈哈，那就这么定下来了！来，与我共饮一杯！

好，那我便回去了，你我有缘再见吧！

 来人啊，传朕的命令下去，即刻废除"跋队斩"！

特别推荐

哎,别光顾着骂啊!

简单自我介绍一下,我是洪迈,南宋人,是个爱读书、爱写作的士大夫。最近老来无事,在读书的时候随便做点儿笔记,准备弄一个作品集,就叫《容斋随笔》,已经写了一部分了。最近看到好多人骂朱温,朱温这人确实有污点,就比如"宜为车毂①"的故事吧!讲的是朱温一行人在柳树下休息,随口说了句"这棵树应该做车毂",旁边的几个游客便附和他说"应该做车毂"。谁承想,朱温勃然大怒,说道:**"车毂必须用夹榆②制作,柳树怎么能做呢?"**随即命令左右将说"应该为车毂"的人通通处死,足以看出朱温是多么残暴荒唐。

但你们不能光骂朱温,我知道三件朱温干过的好事,今日便再写个《朱温三事》,给大家看看朱温也是干过好事的!开篇我介绍了写作这篇文章的目的:**"义理所在,虽盗贼凶悖之人,亦有不能违者。"**意思就是说,合乎道德规范的准则无所不在,就算是那些凶恶盗贼,有时也不违背。说这话是为了让大家摆正心态去了解朱温,而不

---

① 车毂:车轮。
② 夹榆:一种树木的名称,木质坚硬。

是像以往一样只看到他这人不好的一面。

接下来，我展开讲讲朱温干的这三件好事。第一件事是朱温围攻沧州的时候，城中已经弹尽粮绝，朱温劝守城的刘守文投降，可刘守文是奉父亲刘仁恭之命在此守城，便回应朱温道"**仆**①**于幽州，父子也，梁王方以大义服天下，若子叛父而来，将安**②**用之？**"意思是说：我与幽州节度使刘仁恭是父子关系，你用大义征服天下，那如果我这个当儿子的背叛父亲投靠你，你将如何任用我呢？于是，"**全忠愧其辞直，为之缓攻。**"这一番正直言辞让朱温觉得很惭愧，便减缓了攻势。后来朱温撤军了，准备"**悉焚诸营资粮，在舟中者凿而沉之**"。也就是说：他要把营中的粮草烧掉，把粮船凿沉。刘守文得到消息后给他书信说："**城中数万口，不食数月矣，与其焚之为烟，沉之为泥，愿乞其所余以救之。**"意思是说：沧州城中几万人已经几个月没东西吃了，你与其把粮草烧成烟灰，沉没在水里腐烂成泥，不如把剩余的粮草留下来救沧州城中百姓。于是，"**全忠为之留数囷，沧人赖以济**"，朱温便为百姓留了几座粮仓，沧州城中的军民得到了救济。

第二件事发生在朱温篡权当上了皇帝之后。那时候有个唐朝旧臣名叫苏循，最喜欢阿谀奉承，他自以为对

---

① 仆：我，谦辞。
② 安：代词，表示疑问。

后梁有功,便想让后梁太祖朱温破格重用他和他的儿子苏楷。朱温并没有因为私人关系提拔他们,而是"薄①其为人,以其为唐鸱枭②,卖国求利,勒循致仕③,斥楷归田里。"也就是说:朱温看不起他们的人品,认为他们是出卖唐朝、求取利益的罪人,便勒令苏循辞官、苏楷回家种田了。

第三件事是"宋州节度使④进瑞麦,省之不怿⑤"。也就是说,宋州的节度使进献象征吉祥的一种麦子,朱温看了却很不高兴,说:"宋州水灾,百姓不足,何用此为?"

---

① 薄:轻视,看不起。
② 鸱枭:代指罪人。
③ 致仕:辞去官职。
④ 节度使:地方军政长官。
⑤ 怿:不高兴。

朱温说:"宋州今年发水灾,麦子百姓都不够吃,为什么还要进献给我呢?"于是"**遣中使诘①责②之,县令除名**"。意思就是朱温派宦官责备了他,还罢免了这位节度使的官职。

可能有人会说了:朱温和你有啥关系,你为啥要给朱温正名呢?我应该在结尾处说明:"**此三事,在他人为之不足道,于全忠则为可书矣,所谓憎而知其善也。**"意思就是说,虽然这三件小事放在别人身上不足以提及,但放在朱温身上就应该拿出来说一说,这就叫作憎恶一个人也应该知道他有好的一面。朱温干了很多坏事,但我们也应该看到他干的好事,从而客观地、辩证地看待一个人。

① 诘:诘难。
② 责:责备。

历史上那些叛变的人

阅读前文我们看到,朱温这人是个大叛徒,先是背叛了黄巢,后来又背叛了唐朝,自己当上了皇帝。历史上像朱温这样的叛徒有很多,这些叛徒要么是像朱温叛黄巢一样,是生于乱世之下的选择,要么是像朱温叛唐一样,是利欲熏心的结果。

三国时期的吕布生于乱世,最初跟着并州刺史丁原四处征战。那时候的董卓想要杀掉丁原,见吕布武艺了得,又能获得丁原的信任,使用计让吕布杀了丁原。董卓看吕布善于骑马射箭,便称吕布为"飞将",也就是说吕布是个"能飞起来的将军",可见董卓非常看重

吕布。可好景不长，吕布受到董卓猜疑，在司徒王允的唆使下，诛杀董卓。他先后杀掉自己的两位主人，因此在《三国演义》中被张飞骂为"三姓家奴"。古代讲究"忠"，吕布没有一直为一位主人做事，没有做到"忠"，因此崇尚儒家思想的古人十分看不起他，借张飞之口骂他是"三姓家奴"。

唐朝末年，藩镇割据现象严重。安禄山身为节度使，拥有大批军队，便与老乡史思明二人起兵造反，由于这次叛乱的主要指挥是安禄山、史思明二人，因此这一事件被称为"安史之乱"，又因其爆发于唐玄宗天宝年间，也称"天宝之乱"。

唐朝天宝十四年（755年），安禄山发动15万军队，并对外宣称20万，以"忧国之危、奉密诏讨伐杨玉环的哥哥杨国忠"为借口起兵造反。唐朝诗人白居易的《长恨歌》中"**渔阳①鼙鼓②动地来，惊破霓裳羽衣曲③**"一句便是对安禄山起兵场面的描写，可见军队声势之浩大。就这样，安禄山军队一路长驱直入，攻破了唐朝的首都长安，唐玄宗等人见状只好逃走。逃到马嵬坡④之时，军

---

① 渔阳：郡名，辖今天津市的蓟州区，当时属于平卢、范阳、河东三镇节度使安禄山的辖区。
② 鼙鼓：古代骑兵用的小鼓。
③ 霓裳羽衣曲：唐朝宫廷乐舞，相传为唐玄宗所作。
④ 马嵬坡：地名，位于今天陕西省兴平市西北方向。

文苑杂谈

队又饥又疲、不愿前进，大将军陈玄礼在太子李亨支持下发动兵变，杀掉了杨国忠及杨氏姐妹，并逼唐玄宗李隆基刺死杨贵妃。后来，叛军内讧，安禄山和史思明均遭到了刺杀，没有成功坐上皇位，安史之乱结束。但安史之乱给唐朝社会造成的打击是沉重而深远的，一代盛世由此转衰，不禁令人扼腕叹息。

　　南宋末年民族英雄文天祥在其作品《过零丁洋》中写道："**人生自古谁无死，留取丹心照汗青。**"意思就是说：人生自古以来有谁能够长生不死？要留一片爱国的丹心映照史册。而历史上的叛徒总会落得一个遗臭万年的称号载入史册，受到后世的批评。今天的我们仍要学习文天祥坚贞不屈的爱国精神，坚决抵制出卖国家利益的行为！

七嘴八舌

唐僖宗

我的全忠大将军啊,多亏有你为我征战四方,有你真是安全感满满呀。

你这小子打仗有两下子,要是上天再给我一次机会,我绝不会输给你!惜败,惜败啊……

秦宗权

洪迈

我看看是谁戴着有色眼镜呢?应该客观、全面地评价一个人呀!

扫二维码,听精彩讲解

李存勖

前半生征战沙场，后半生搭台唱戏

885 年—926 年，字亚子，别名"李天下"

主要成就：后唐开国皇帝，灭后梁、前蜀
籍　　贯：应州金城县（今山西省朔州市应县）
主要作品：《歌头·赏芳春》《一叶落》

TA这一辈子

李存勖这辈子

李存勖是沙陀族人,本姓朱邪,因其祖父镇压兵变有功,被唐朝皇帝赐为李姓。李存勖早年随父亲李克用征战沙场,后建立后唐政权,灭亡后梁、平定前蜀,功勋卓著,却在当上皇帝后整日唱戏,让唱戏的伶人做官,最终死于兵变。

优秀"后浪"代表

正可谓"后浪推前浪","后浪"这个网络流行词,大家一定不陌生,指的就是优秀的青年后辈。要是五代时就有"后浪"一词,那一定非李存勖莫属。

李存勖从小就英勇善战,十一岁就跟着父亲上战场。当时的皇帝唐昭宗看李存勖相貌清奇,并且这么小就如此勇猛,就赐给他画有一对水鸟的酒器和翡翠盘,都是当时不可多得的宝物,并且夸他说:"我看这小孩长大之后,必定是国家的栋梁之材啊!"还说他"可亚其父",意思就是,李存勖可以超过他父亲,让他父亲李克用也只能屈居亚军。李存勖的父亲李克用,那可是个征战四方的大将军,皇帝竟然说李克用不如他儿子李存勖,可见小时候的李存勖就已经非常厉害了。就这样，李存勖就得到了"李亚子"这个外号。李存勖长大之后，十分擅长骑马射箭，胆子很大，勇猛无比，可以说是继承了沙陀族的彪悍基因。而且他不光打仗厉害，还懂点儿文学，可以说是文武双全了！他从小就读《春秋》，《春秋》这种书，一直以"微言大义"著称，就是说在小段的言论里蕴藏着无限的含义，能读懂这种书，可见李存勖的文学素养一点儿也不低。不光爱读书，他从小就兴趣广泛，尤其喜欢音乐、歌舞和戏剧。

我，打遍天下无敌手

李存勖他爹李克用和梁太祖朱温是个死对头，这俩人谁也看不上谁，开展了二十多年的梁晋战争。这仗还没打出个胜负，李克用就病倒了。传说李克用在病床上奄奄一息之际交给李存勖三支箭，并跟他说："后梁那个朱温是我的仇人，还有燕王刘仁恭、契丹的耶律阿保机，这俩人本来是我兄弟，没想到却背叛我投靠朱温，我不能杀了这三个贼人，真是死不瞑目啊！给你这三支箭，替我把这三个贼人杀了！"说完就一命呜呼了。于是，24岁的李存勖接替父亲当了晋王，把这三支箭供了起来，讨伐这三人时，就依次请出一支箭，让贴身将领背着上

战场作为前锋，打完仗再送回去供着。

后来，朱温知道李克用去世了，认为打败一个毛头小子不费吹灰之力，就想趁机抢夺李存勖的地盘。也不知道是不是这箭有魔力，年纪轻轻的李存勖及时赶往潞州援助，把朱温打得溃不成军，给朱温吓坏了，长叹一声说道："我儿子和李亚子一比，简直像猪狗一样蠢啊！"

后来，李存勖建立了后唐政权，当上了皇帝，先后灭亡了后梁、岐国、前蜀，打败了契丹，可以说，圆满地完成了父亲的遗愿。那时候的人都夸他说："五代领域，无盛于此者"，意思是说在李存勖的统治下，当时的后唐成了五代时期疆域最大的朝代。

唱戏是我的命啊

李存勖打仗厉害，但他一点儿也不乐意治理天下。一当上皇帝，他就广泛开展自己的兴趣爱好。他喜欢唱戏，给自己取了个艺名，叫"李天下"，天天和那些唱戏的伶人混在一起。而且李存勖不光听别人唱，还得自己亲自上台唱。皇帝上台唱戏，这场面，可真是难以想象。

这不，有一次看戏的时候，李存勖就忍不住了，穿上戏服化好妆，便立即上台演出，要体验一把当明星的感觉。唱着唱着唱嗨了，他大喊道："李天下，李天下何在？"一个叫敬新磨的伶人突然冲出人群，扇了李存勖一个耳光，这可把大家吓坏了，皇帝你都敢打啊！李存勖也被打蒙了，眼看着就要生气。这时，敬新磨笑道："能理天下的只有皇帝一个人，你喊谁呢？"李存勖一听，这是在夸自己啊，瞬间喜笑颜开，重赏了敬新磨，真是荒唐啊！

李存勖天天唱戏，不理朝政，一天天堕落下去，终于引发了叛乱，李存勖也在兵变中死了。

超级访谈

别人家的孩子怎么这么优秀

朱温

最近身子真是一天不如一天了，如此病重还要料理国事、征战沙场，真是太辛苦了。唉，我先休息一会儿。

朱温老头！快来与我决一死战！

李存勖

朱温

啊啊啊，李存勖！你个毛头小子，你咋在这，吓我一跳！

哈哈，吓到了吧，我今天就要杀了你，给我爹报仇。

李存勖

朱温

你爹没本事杀我，让你来对付我这个老头，也太欺负人了吧，虽然说我有一点点打不过你……咳咳，但是，我……我可不怕你啊！

不怕我？那你在潞州怎么被我打得抱头鼠窜啊？哈哈！不得不说，你年轻的时候打仗还可以，但你现在老了，已经不是我的对手了！

李存勖

86

朱温:哼,你别得意。我的儿子们也是很厉害的!我马上就叫他们来收拾你。

李存勖:就你那几个儿子?我都听说了,你前阵子还说他们比猪狗都蠢呢,现在又让他们帮你收拾我,真是太好笑了,哈哈!

朱温:你……你……真是气死我了!我经营天下三十多年,想不到被你钻了空子。来啊,虽然我老了,也要拼了老命干掉你,我今日定要与你决一死战!

李存勖:你来啊,来打我啊,哈哈……打不着,打不着!

朱温:哇,原来是一场梦啊!来人!来人!气死我了,我好像要不行了。唉……等我死后,我的儿子们没有一个是他的对手啊,我怕是要死无葬身之地了,呜呜……别人家的孩子怎么这么优秀,我好羡慕啊!

特别推荐

我可是全能型原创歌手

"春眠不觉晓,处处闻啼鸟……"睡了一觉,甚是舒服!今儿天气不错,出去逛逛吧。

你别看我是一介武夫,音律之事,我也略知一二。我根本不乐意用别人做好的现成词谱填词,我喜欢自己作词、自己谱曲,这才叫本事呢!用你们的话说,我可是个全能型的原创歌手,哈哈!

我走着走着，不觉便到了晚上，竟然溜达了一下午！时光真是飞逝啊！于是我触景生情，就写一篇词名叫《歌头·赏芳春》，我给你讲讲啊。

赏芳春，暖风飘箔①。莺啼绿树，轻烟笼晚阁。杏桃红，开繁萼②。灵和殿，禁柳千行斜，金丝络③。夏云多，奇峰如削。纨扇④动微凉，轻绡⑤薄，梅雨霁⑥，火云烁。临水槛，永日逃繁暑，泛觥酌⑦。

这是这首词的上片，就是说我出门赏春色，暖暖的春风把帘子吹开。看到黄莺在绿树上欢快地叫，薄烟笼罩在楼阁上，天色也晚了。杏花、桃花争相开放。灵和殿前的柳枝细得像丝一样。天空中云朵很多，高耸的山峰像是被人削过一样。我扇着团扇乘凉，这团扇上的丝薄薄的。雨停了，红色的云闪烁在天边。我靠着水边的栏杆，漫长的白天都在躲避酷暑的炎热，那就去喝酒吧！

露华浓，冷高梧，凋万叶。一霎晚风，蝉声新雨歇。惜

---

① 箔：帘子。
② 萼：花朵盛开。
③ "灵和"三句：齐武帝萧赜曾植柳于灵和殿前，其柳枝条甚长，状如丝缕。
④ 纨扇：细绢制成的团扇。
⑤ 绡：丝。
⑥ 霁：停。
⑦ 觥酌：酒杯，泛指饮酒。

特别推荐

惜此光阴,如流水。东篱菊①残时,叹萧索②。繁阴积,岁时暮,景难留。不觉朱颜③失却,好容光④。且且须呼宾友,西园⑤长宵。宴⑥云谣⑦,歌皓齿,且行乐。

到了下片,我看到花瓣上的露水,高高的梧桐叶已凋落了(仿佛一下子就到了秋天)。一瞬间晚风袭来,雨停后蝉鸣响起。珍惜现在的光阴吧,光阴如流水啊!陶渊明的菊花凋落时,一定会叹息这缺乏生机的景象。天渐渐阴了下来,天色也晚了,美景难以留住,突然发现美丽的容颜也失去了,但还是爱好仪容风采。一定要叫上宾客朋友,去通宵宴会。西王母的白云谣让人快乐,她唱歌时的明亮牙齿仿佛仍在,我们只需及时行乐啊!

我这首词主要就是告诉你们要珍惜时光,及时行乐,不要等到时间流逝了才白白地叹息。这种主题的词挺多人都写过,你可能觉得我没什么新意,但你可别瞧不起我,我可是原创!哈哈!

---

① 东篱菊:出自陶渊明《饮酒》中的:"采菊东篱下,悠然见南山"一句。
② 萧索:缺乏生机。
③ 朱颜:红润的面容。
④ 容光:仪容风采。
⑤ 西园:三国时魏文帝曹丕在邺都的西园与侍从游宴,此处借指游宴。
⑥ 宴:乐。
⑦ 云谣:白云谣。相传穆天子与西王母宴饮于瑶池之上,西王母作白云谣。

"别人一夸就飘了"的古代皇帝们

前面不是说李存勖年轻时征战沙场,后来唱戏的伶官当政,最后兵变被杀了嘛!北宋的欧阳修就在《伶官传序》中总结了李存勖的一生,他是这么写的:"**忧劳可以兴①国,逸豫②可以亡身,自然之理也。故方③其盛也,举④天下豪杰,莫⑤能与之争;及⑥其衰也,数十伶人困之,而身死国灭,为⑦天下笑。**"意思就是说,忧虑辛劳可以使国家兴盛,而安逸享乐就会使自身灭亡,这是自然的道理。因此,当庄宗(李存勖)强盛的时候,普天下的豪杰,都不能跟他抗争;等到他衰败的时候,几十个伶人围困他,就自己丧命,国家灭亡了,被天下人嘲笑。

古代有很多像李存勖一样的皇帝,年轻的时候建功立业,特别厉害,但就是不禁夸,"别人一夸就飘了",最后落得不好的下场。就比如唐朝的唐玄宗李隆基吧!

---

① 兴:使……兴。
② 逸豫:安乐。
③ 方:正在。
④ 举:全部。
⑤ 莫:没有人。
⑥ 及:等到。
⑦ 为:被。

他统治期间唐朝出现了开元盛世的局面。可是后来呢？唐玄宗沉迷于妃子杨玉环的美色，整日不理政事，慢慢堕落下去，最终引发了安史之乱，唐玄宗也被迫把心爱的杨玉环处死了。

还有个明朝的嘉靖帝，他叫朱厚熜。在他统治前期，出现了"嘉靖中兴"的局面，他大刀阔斧地推行改革，可以说是年轻有为。但后来国家稳定下来了，嘉靖帝就不思进取，信奉道教，竟然开始钻研长生不老术，想像太上老君那样炼出能让人长生不老的仙丹，浪费了很多钱。就这样，朝政一天天败坏，经济也一天不如一天，

"南倭北虏①"的矛盾一天天突出,明朝走向衰落。

　　清朝的乾隆皇帝年轻时也励精图治,达到了康乾盛世的最高峰,可他后来奢靡败坏,很多老百姓看不下去,纷纷起义,社会环境不再安定。另外,乾隆皇帝还采用闭关锁国的政策,导致中国的发展慢慢落后于西方列强的发展脚步了。

---

① 南倭北虏:南倭指东南沿海的倭寇,北虏指北方边境的胡虏,南倭北虏是长期危及明朝的两大问题。

欢乐谷

七嘴八舌

李克用：我的儿啊，你咋这么想不开去唱戏呢？

朱温：看看人家的孩子，多优秀！唉……

敬新磨：我敢打皇帝一巴掌，你敢吗？哈哈！

扫二维码，听精彩讲解

赵匡胤

皇帝真好当,皇位不好坐

927 年—976 年,字元朗

别　　称:宋太祖、香孩儿

籍　　贯:涿郡(今河北省涿州市)

代 表 作:《咏初日》《咏月诗》半首

主要成就:宋朝开国皇帝,结束五代十国分裂割据的
　　　　　局面

TA这一辈子

赵匡胤这辈子

赵匡胤本是后周武将，曾屡屡立下战功。在一次领兵打仗的过程中，行至陈桥驿，赵匡胤突然被手下披上龙袍，拥立为皇帝。随后，赵匡胤顺利占领都城，建立了宋朝。宋朝建立后，赵匡胤先后占领荆、湖，灭亡后蜀，平定江南，基本完成了祖国统一，结束了五代十国时期分裂割据的混乱局面。

当皇帝？太简单了

赵匡胤这人啊，一出生就和别人不一样，怎么个不一样法呢？《宋史》里面就有记载，赵匡胤出生的时候"赤光绕室，异香经宿不散，体有金色，三日不变"。意思就是说赵匡胤出生时，红光围绕整个屋子，还伴有一股奇异的香味，这香味过了一晚上都没有散去，他还因此得到了一个乳名，叫"香孩儿"。另外，他身上散发着金光，三天都没有消失，你说神不神奇？当时人听说了，都说赵匡胤这小孩不一般，日后肯定能有出息。

这不，当上将军后他就多次建立战功，受到了当时后周君主柴荣的重用。后来,柴荣死了,柴荣的儿子继位。可柴荣这继位的儿子只有七岁,什么国事都不懂,赵匡胤手下的将士们一看,小鬼当家,这还了得?就在陈桥驿这个地方秘密商议,想拥立赵匡胤当皇帝。于是,他们将龙袍直接披在了假装醉酒刚刚醒来的赵匡胤身上,并纷纷大喊"万岁!"赵匡胤心里可乐开了花,却又得在臣子面前保持一个威严的形象,便假装出一脸无奈的样子说:"既然你们立我为天子,就要听我的命令,不然这个皇帝我可当不了。"将士们连连附和,这就是历史上有名的"陈桥驿兵变"。

穿上龙袍后,赵匡胤就率领军队回都城,而当时后周都城开封的两位守城将领正好都是赵匡胤的朋友,一看好兄弟当上了皇帝,立马主动打开城门迎接。就这样,赵匡胤没费一兵一卒就控制了都城开封,轻而易举地登上了皇位,宋朝就此建立。从叛变到登基,赵匡胤只用了两天时间,真是让人不禁感叹:当皇帝也太容易了吧!

想喝酒?兵权拿来

赵匡胤回去越想越不对劲:你们能把龙袍披在我身上,拥护我做皇帝,万一哪天也往别人身上披龙袍可咋办？于是，为了坐稳这个皇位，他办了场酒宴。你肯定要问了，这个时候不是要颁布政令或者去收拾手下吗？办酒宴是要干啥呢？其实呀，请大家喝酒只是个借口，实际是在酒宴中各种明示暗示，威逼利诱，让手下的军官们交出兵权。这些军官们一看，也都明白了赵匡胤的意思，可又无可奈何，谁也不想被杀头，便纷纷交出兵权、称病辞职。赵匡胤非常满意，给予了他们优厚的退休金，让他们回家养老了。

朕要一统江山！

虽然宋朝已经建立，但当时仍然存在许多割据势力。赵匡胤每天提心吊胆，大半夜也睡不着觉，跟自己的手下赵普说："我睡不着，除了我的床以外都是别人的地

盘。"要说赵匡胤这人还真是缺乏安全感啊!刚把兵权从自己的将士手里收回来,又担心其他的割据势力会对自己造成威胁。赵普也很懂赵匡胤,立马听出了赵匡胤想要扩大地盘的心思,便给赵匡胤出招,让他先拣软柿子捏,采取先易后难、先南后北的战术。于是,赵匡胤在赵普的帮助下,从当时的首都开封出发,挥师南下,占领荆、湖,再灭亡后蜀,最终平定江南,就这样,赵匡胤基本完成了祖国统一,结束了五代十国时期分裂割据的混乱局面。

我就喜欢有文化的人

赵匡胤

我呀,是武官出身,又是个缺乏安全感的武官。为了不让别人夺走我的政权,我要把朝廷重臣都换成文官,哈哈!我就喜欢有文化的读书人。

读书人有什么好的?我最讨厌读书人了,看过几本书,就以为自己是什么大先生了,没事就跑过来教育你一番。

秦始皇

赵匡胤

哎?你怎么在这儿,你可是我的偶像啊,我还想向你讨教一下怎么统一天下呢!

统一天下还不简单,好好打仗就行了,我相信你有这个实力。但我就纳闷了,文人有什么好的,我生平最讨厌的就是文人。我当皇帝的时候就搞过一次焚书坑儒,打压读书人,让他们少读书、多听话。

秦始皇

赵匡胤

哎呀,那你还挺残忍的。我倒是不怕麻烦,我就怕别人什么都不说,没人给我提建议,我怎么治理好这个国家呢?

建议有什么用？多找几个能打仗的部下比什么都强，你不是还要一统天下吗？

秦始皇

赵匡胤

想一统天下是不假，但也需要多多听取文人的建议呀，我的宰相从来都是读书人，中书门下和枢密院①的大臣如果对我的圣旨有什么不满的，还可以提出非议呢！

你可真行，就不怕他们把你的圣旨都给否决了？

秦始皇

赵匡胤

那倒不会，哈哈，一般情况下我的手下都会理解我的。不光是这样，我还在太庙里立下誓碑，其中有一条就是命令我的子孙不得滥杀士大夫和上书进谏的人，后世人都说我开明，亲切地给这块碑取了个名，就叫太祖誓碑②。

---

① 中书门下和枢密院：宋朝实行二府三司制，二府为中书门下和枢密院，中书门下主管政事，枢密院主管军事要务，三司主管财政。
② 太祖誓碑：《宋论》卷一《太祖三》中记载："太祖勒石，锁置殿中，使嗣君即位，入而跪读。"

超级访谈

秦始皇

哈哈，我看你呀，也未必是真开明，你就是在五代这个混乱年代打仗打怕了，怕武官再把你的政权夺走，所以只好重用文官咯！

赵匡胤

你要是这么说我也无言以对。但你也别嘲笑我，你不也是为了加强中央集权，怕儒生主张恢复分封制①、反对你设立的郡县制②才焚书坑儒的吗？治国之道不同罢啦！咱俩彼此彼此，哈哈哈……

---

① 分封制：中国古代分封诸侯的制度。商代已开始分封诸侯，称号有侯和伯。西周灭商后，大规模封赏王室子弟和功臣，诸侯在封国内享有世袭统治的权利，也要承担镇守疆土、随从作战、交纳贡赋、朝觐述职等义务。

② 郡县制：继宗法分封制后出现的以郡统县的两级地方管理行政制度，有利于加强中央集权，废除了分封制时代的贵族特权，是官僚政治取代贵族政治的重要标志。

特别推荐

谁敢说我不懂诗！

看书看得我眼睛都酸了，来来来，快坐下，听我跟你吐槽个事。就昨天，李煜那个使臣，叫啥来着？噢，想起来了，叫徐铉，这小子夸他主子李煜有文采，还当着我的面背上李煜的诗词了。李煜的诗词是不错，就是太小家子气了，我便跟他说："这诗词太寒酸了，没什么好夸的。"这小子估计以为我是个只会带兵打仗的大老粗，看我瞧不起他主子，就让我给他看看我写的诗词，这不明摆着是瞧不起我的意思吗！

我呀，平时的精力都放在带兵打仗、治理国家上了，哪有空写诗啊！不过被他这么一激，我还真想起一句诗，是我前些年喝醉后躺在田间看月亮时随口吟的：

未离海底千山黑，才①到天中万国明。

这句诗的意思是说：月亮还没从海底出来的时候，群山都是黑色笼罩的，而月亮刚刚升到天空的时候，万国都明亮了起来。你可能要问了，国家不是只有一个吗？为啥到你这成了"万国"呢？别忘了！我生活在五代十国时期，比不上咱们现在这太平盛世，我作这诗的

---

① 才：刚刚。

特别推荐

时候祖国还没统一,各地割据混乱,那可不就是万国吗!一听这诗,是不是脑补出了一个月亮缓缓升空照亮四方的动画?其实这诗里暗藏了我想要统一全国的雄心,我就想当这个月亮,让自己的光芒普照大地,开辟一个太平盛世!哈哈,咱这诗多有气势!多有皇帝风范!徐铉这小子当时听了我这诗,吓了一跳,赶忙跪下夸我厉害,嘿嘿,真过瘾!看你还敢不敢瞧不起我。只可惜,当时喝多了,剩下的两句不记得了,不然肯定能靠这诗成名,哈哈!

我还作过一首完整的诗,叫《咏初日》,我是这么写的:

太阳初出光赫赫①,千山万山如火发②。

一轮顷刻上天衢③,逐退④群星与残月。

意思是说:太阳刚出来的时候光芒十分耀眼。群山被太阳光所笼罩,就像着了火一样。(太阳继续往上爬,)突然升到了天空中,就把群星和残月都驱赶走了。

这首诗中我把红日比作自己,群星和残月呢?我把它们比作当时的各个割据势力,我这轮红日一上来,就把那些割据势力都赶走了,哈哈!这首诗不长,也没什

---

① 赫赫:显著、盛大的样子。
② 发:放出,射出。
③ 天衢:天空广阔,可以任意通行的样子。衢:四通八达的大路。
④ 逐退:驱逐,使退却。

特别推荐

么高级的词汇,乍一看可能比不上那些文人墨客的诗,但这首诗直接体现了我一统天下的雄心壮志,听完我这首诗,你是不是也感受到了我扫平割据、一统天下的帝王气概?哈哈!

　　要我说呀,不管是写诗还是写文章,都体现了一个人的精神风貌,胸中有乾坤,诗和文章才能有气度。

文苑杂谈

那些以和平方式取得政权的皇帝们

古代王朝的更替一般有两种形式，第一种是通过攻城打仗的方式取得政权，这种形式一般比较暴力，往往是大规模的战争，给军队和百姓都造成不小的伤亡，在我国古代，这类通过暴力方式夺取政权的代表人物有刘邦[①]、朱元璋[②]等。还有一种以和平方式取得政权的形式，不需要大规模的流血事件，就成功夺取政权，我们今天的主人公赵匡胤没有经过战争就控制了后周的都城开封，创造了一个"不流血而建立一个大王朝的奇迹"，就是以和平方式取得政权的代表人物。历史上还有不少通过和平方式取得政权的皇帝，下面让我们一起看看吧！

魏朝的开国皇帝曹丕就是其中一位。220年正月，曹丕他爹曹操逝世，曹丕继承丞相之位。当时正处东汉末年，社会混乱，曹丕深知权力的重要性，便在登上丞相位后迅速地把权力收入自己手中，重用自己的亲信，

---

① 刘邦：刘邦军队最终在垓下包围十万楚军，获得了楚汉之争的胜利，建立西汉。

② 朱元璋：1368年，朱元璋击破各路农民起义军，在应天府称帝，建立了明朝。

打压其他势力,加强巩固集权。集各种权力于一身的曹丕终于按捺不住想坐上皇帝宝座的心,在同年的十一月接受了汉献帝的禅让。

禅让,就是帝王让位给贤人的做法,传说中的禅让是君主自愿进行的,比如尧把部落联盟首领位置让给舜,舜又把首领之位让给治水有功的大禹。而历史上的禅让往往是有权的臣子胁迫皇帝退位的手段,为了避免不忠不义的骂名,权臣便打着禅让的旗号取得政权。就这样,曹丕接受禅让,当上了皇帝。后来,曹丕还封汉献帝为山阳公,允许他拥有自己的封地,并允许他在自己的封地上仍然保持汉朝皇帝的习俗,可以说是优待前朝皇帝的典范了。

文苑杂谈

还有个人叫刘裕,他是南朝刘宋的开国皇帝,也是通过和平方式取得政权的。刘裕小时候家里很穷,长大后投身军队,当上了将军,为当时的晋朝卖命。他打仗非常厉害,对内镇压起义、对外歼灭外敌,收复了淮北、山东、河南、关中等地与洛阳、长安两都。宋朝辛弃疾有首词叫《永遇乐》,里面有句词讲的就是刘裕:"**斜阳草树,寻常巷陌,人道寄奴曾住。想当年,金戈铁马,气吞万里如虎。**"这里的"寄奴"是刘裕的小名,意思是:人们说刘裕曾经住在斜阳照着长满草树的普通小巷中,遥想当年刘裕领军北伐、收复失地的样子,就像是老虎一样威猛。

这样显赫的军功,让刘裕的名声在当时无人不知、无人不晓,在朝廷中的地位也是显赫无比,升官速度可谓是相当之快。义熙十四年,也就是418年,刘裕接受了相国①、总百揆②、扬州牧③三个官职,并以十郡建"宋国",受封为宋公,并受九锡④之礼。419年,刘裕又晋爵为宋王,获得了古代皇帝才配拥有的十二旒⑤冕、天子

---

① 相国:古代官名,春秋时期为百官之长。秦及汉初,相国之位尊于丞相。
② 百揆:总理国政之官。
③ 扬州牧:扬州的最高官员。"牧"是管理人民的意思,古代以九州之长为"牧"。
④ 九锡:中国古代皇帝赐给诸侯、大臣有殊勋者的九种礼器,是最高礼遇的表示。
⑤ 十二旒:天子冕冠前后各悬垂的十二条玉串。

旌旗①等一系列殊礼。就这样，刘裕的权力、地位、礼节一步步朝皇帝靠拢，终于在元熙二年（420年）代晋称帝，改国号为"宋"。

在1688年的英国也有一场有名的不流血政变，叫作"光荣革命"。当时，支持议会的辉格党人与部分托利党人为了避免信奉天主教的英国国王詹姆士二世把皇位传给刚出生的儿子，便把詹姆士二世废黜，把王位传给原本的继承者，即詹姆士二世的女儿玛丽和当时在荷兰执政的女婿威廉，威廉一枪未发便进入了英国，詹姆士二世仓皇出逃，议会重掌大权。经过这次光荣革命，英国资产阶级和新贵族成功推翻了詹姆士二世的统治，英国议会与国王近半个世纪的斗争以议会的胜利宣告结束。

"醉卧沙场君莫笑，古来征战几人回""烽火连三月，家书抵万金""万里长征战，三军尽衰老"……在古代无数诗词中，我们看到了战争对百姓的伤害之大。江山代代更迭，这些皇帝和平夺取政权的行为，与战争夺取政权的残酷相比，对百姓来说又何尝不是一种幸运呢？

---

① 天子旌旗：古代认为君权为神所授，称帝王为天子旌旗。

七嘴八舌

柴荣：亏我把你当兄弟，你却夺了我家的江山！

每次失眠都让我陪你聊天，我黑眼圈都熬出来了。

赵普

李煜：万万没想到，你竟然还有文学功底，真丢人，真丢人……

扫二维码，听精彩讲解

罗隐

考不上进士的毒舌诗人

833 年—910 年，字昭谏

别　　名：罗横、罗给事
主要成就：文学家，擅长创作诗歌与讽刺小品文①
籍　　贯：杭州新城（今浙江省杭州市富阳区）
主要作品：《甲乙集》《谗书》《两同书》

---

① 小品文：一种散文文体，篇幅短小，寓有抒情意味和讽刺性。

TA这一辈子

罗隐这辈子

罗隐自幼就在乡中以才学出名，可成年后参加了十余次科举考试，均以失败告终，遂改名罗隐，隐居九华山。光启三年（887年），罗隐跟随当时的吴越王钱镠入仕做官，历任钱塘令、司勋郎中、给事中等职。罗隐最大的成就当属文学方面，他的诗歌与讽刺散文有很高成就。《谗书》对当时社会进行了深刻批判，曾获现代文学大家鲁迅的褒奖。鲁迅认为，《谗书》"几乎全部是抗争和愤激之谈"，在当时的文学界"正是一塌糊涂的泥塘里的光彩和锋芒"。

进士真难考，我要去隐居

罗隐本名叫罗横，生于唐朝末年的一个官吏家庭，祖父曾做过县令。罗隐小时候就和一般小孩不一样，他非常有才，擅长写诗和文章，常常因为写得好被人夸赞，还与另外两个同族才子罗虬与罗邺被合称为"三罗"。

这么一个才华横溢的人才，本该顺利通过科举考试步入官场，可他却屡屡受挫。从二十七岁开始，罗隐就参加科举考试，考了七年，每一次都不出意外地落选了，为啥说不出意外呢？因为罗隐这人有个爱好，就是爱写诗讽刺权贵，常常引起当权者的不满。罗隐考不上科举，心中不爽，更来劲了，写了个《谗书》来讽刺当权者。朝廷一看，罗隐这人言论如此反动，便更加决定不能录用他。而罗隐却是不服输，继续考科举，又接连考了几次，均以落选告终。可怜的罗隐啊！总共考了十多次科举都没考上，当时的世人嘲笑他，称他是"十上不第"，这个"第"就是古代科举考试及格的等次，"不第"也就是他没考上的意思。

当时罗隐在长安，贫苦交加，妻子又不幸亡故。官场的黑暗、病痛的折磨，让罗隐再也受不了了，便萌生了归隐的想法，于是把自己的原名"罗横"改为"罗隐"。广明元年（880年），罗隐去九华山隐居。

是网红，但铁粉不多

罗隐虽然不受朝廷待见，但在民间很受欢迎，收获了一大批粉丝。罗隐的诗曾得到过当时宰相令狐绹的夸奖，认为得到一篇罗隐的佳作比儿子中了进士都开心。宰相都这么夸了，老百姓更是争相追捧。于是，罗隐年纪轻轻就名满长安，说他是当时的网红再合适不过了。

但罗隐注定成不了"顶流",为啥这么说呢?且往下看。

在一次进京赶考途中,罗隐在钟陵遇到一个名叫云英的歌伎。十多年后,罗隐刚刚落第,又与云英重逢。云英得知他仍然榜上无名,就惊愕地问道:"罗秀才尚未脱白?"古代秀才、进士及第前穿白色麻布衣,尚未脱白的意思就是说罗隐还没考上进士。罗隐听了,很是尴尬,但也不甘就此作罢,临别时写了首《赠妓云英》送给她:

钟陵①醉别十余春,重见云英掌上身②。

我未成名卿③未嫁,可能俱④是不如人。

这首诗意思很简单,就是说从钟陵醉别已经十多年,今天重新见到美丽的你。如今我没考上进士你也没嫁出去,可能我们俩都不如别人吧。看见没?这就是罗隐的反击,你说我没考上进士,我就说你没嫁出去,真是够毒舌的。云英看到这首诗,肯定被气得够呛,立马脱粉。

据说当时宰相郑畋的女儿也是罗隐的粉丝,读到罗隐的诗集就芳心暗许,几次三番在父亲面前提及。一

---

① 钟陵:县名,在今天的江西进贤。
② 掌上身:形容云英体态轻盈美妙。据《飞燕外传》载,赵飞燕体态轻盈,能为"掌上舞",也就是能在手掌上跳舞,可见体态之轻盈美丽。
③ 卿:古代的第二人称,相当于今天的"你"。
④ 俱:都。

TA这一辈子

天，罗隐来拜访郑畋，郑畋让女儿在帘后观望。不见不知道，一见吓一跳，这罗隐长得实在太丑，看到长相可把姑娘吓坏了，于是果断取关罗隐，再也不读他的诗了。

隐居，我不甘心！

罗隐去隐居，本来就是无奈之举。他心中一直有个愿望，就是出仕做官。科举之路行不通，他就返回老家杭州新城，投靠当时割据杭州的钱镠，终于得到了任用。归附钱镠后，罗隐靠着自己一张能说会道的嘴和一个机智的脑袋，步步高升，先后当上了钱塘令、司勋郎中、给事中等职。给事中这个职位也是罗隐政治生涯的巅峰，因此罗隐也被人称为"罗给事"，当上给事中没多久，罗隐就病重在床，于开平三年（910年）十二月去世。

超级访谈

晚唐"二隐"见面会

李商隐

今天天气不错,来诸葛亮的祠堂看看,诸葛亮这人真是厉害,我之前就写过一首《筹笔驿①》,赞颂诸葛亮的雄才大略,我想想,我怎么写的来着……真是岁数大了不中用了,自己的诗都想不起来了。

"他年②锦里③经祠庙,梁父吟④成恨⑤有余。"

罗隐

李商隐

哎,罗隐,你咋在这儿呢?竟然还能背下来我的诗!

那当然,您可是我的偶像啊!今天正好我也来祠堂看看,你有空不?咱来唠一会儿呗。

罗隐

李商隐

我记得你小时候不是叫罗横吗?咋改名叫罗隐了?

---

① 筹笔驿:旧址在今四川省广元市北,因诸葛亮多次在此驻军筹划军事而得名。
② 他年:往年。
③ 锦里:在成都城南,有武侯祠。
④ 梁父吟:诸葛亮隐居时的诗,诗中书写了自己的抱负。
⑤ 恨:遗憾。

唉，别提了，罗横这名字早就不符合我的气质了，我那时候想隐居，就改了个名，话说您这名字也是自己改的吗？

罗隐

李商隐

不，哈哈，我从小就叫李商隐。我的名字与"商山四皓①"有关，就是那四个很厉害的隐士。

哇，原来是这样！

罗隐

李商隐

你是不是前些年也写了个和我同题的《筹笔驿》？你说给我听听呗。

我的《筹笔驿》是这么写的：
抛掷南阳为主忧，北征东讨尽良筹②。
时来天地皆同力，运去英雄不自由。
千里山河轻孺子，两朝冠剑恨谯周③。
唯余岩下多情水，犹解年年傍驿流。

罗隐

---

① 商山四皓：秦朝末年的四位隐士——东园公唐秉、夏黄公崔广、绮里季吴实、甪(lù)里先生周术，原是秦始皇时七十名博士官中的四位，因不满秦始皇焚书坑儒的暴行而隐居于商山。
② 筹：计策。
③ 谯周：三国时蜀国大臣，劝蜀后主刘禅投降。

超级访谈

意思是：诸葛亮抛弃了在南阳的隐居生活，为主公刘备分忧，北征东讨，想出良策。时势顺利时仿佛天地都齐心协力，大运一去即使英雄也难以指挥自由。千里山河被刘禅轻易断送，在刘备和后主两朝的诸葛亮能文能武，一定会恨劝后主投降的谯周。仅仅剩下岩石下的多情水，每年在傍驿流着，好像在怀念诸葛亮。

罗隐

李商隐

好一个"时来天地皆同力，运去英雄不自由"！你这首《筹笔驿》和我的意思差不多，都是称赞诸葛亮，为他惋惜，同时也怨自己不能得到重用，施展抱负。

是啊，我记得您有一首《蜂》，借咏蜂寄寓了人在幕府的寂寥和思念故乡故人的心情。我也有一首《蜂》，但意思和您的不一样。

罗隐

哦？说来听听。

李商隐

罗隐

我这首《蜂》是这么写的：

不论平地与山尖①，无限风光尽②被占③。
采得百花成蜜后，为谁辛苦为谁甜？

意思是说：无论是平地还是山尖，凡是鲜花盛开的地方，都被蜜蜂占领。它们采尽百花酿成蜜后，是在为谁忙碌？为谁酿造香甜的蜂蜜呢？

李商隐

我听出来了，你表面上是赞颂蜜蜂的勤劳，实际上讽刺了那些不劳而获的人。你这毒舌水平，实在是高啊！

哈哈，没有啦，我的诗歌水平哪能赶上您啊！

罗隐

李商隐

咳咳，你就别谦虚了，老了老了，唠不动了，下次我们再聊吧！

好的！您一定要保重身体啊！

罗隐

---

① 山尖：山峰。
② 尽：都。
③ 占：占据。

特别推荐

评评理，我这文章不好吗？

怎么考科举也考不上，真是生气，迂腐的当权者，气死我啦！我要化悲愤为力量，把这个社会的黑暗都写在《谗书》里，希望能起到"警当世而诫将来"的作用吧！今天我就写一篇《英雄之言》，一开始我写盗贼与常人的不同，我是这么写的：

物①之所以有韬晦②者，防乎③盗也。故人亦④然。夫盗亦人也，冠屦⑤焉，衣服焉。其所以异者，退⑥逊⑦之心、正廉之节，不常其性⑧耳。

意思是说：宝物之所以有隐藏不露的，是为了防备盗贼。所以人也是一样。盗贼也是人，同样要戴帽穿靴，同样要穿着衣服。他们与常人有所不同的，是安分忍让的心与正直不贪的品格，这种本性不能长久保持罢了。

---

① 物：物品，这里指贵重的物品。
② 韬晦：隐藏不露。
③ 乎：介词，相当于"于"。
④ 亦：也。
⑤ 屦：鞋子。
⑥ 退：退让。
⑦ 逊：谦逊。
⑧ 性：本性。

特别推荐

视玉帛①而取之者,则曰牵②于寒饿;视家国而取之者,则曰救彼涂炭③。牵于寒饿者,无得而言矣。救彼涂炭者,则宜以百姓心为心。

这里的意思是说:看见财宝就要拿走的,就说我是出于寒冷饥饿;看见国家就要窃取的,就说我这是拯救百姓的困苦。出于寒冷饥饿原因的人,不用去多说;拯救百姓困苦的人,应该以百姓的心为心。

而西刘④则曰:"居宜如是",楚籍⑤则曰"可取而代"。意彼未必无退逊之心、正廉之节,盖⑥以视其靡曼骄崇⑦,然后生其谋耳。

但是汉高祖刘邦却说:"我的住室应该像秦始皇那样。"楚霸王项羽说:"秦始皇可以取而代之。"想来他们并不是没有安分忍让的心与正直不贪的品格,大概是因为看到了秦始皇的奢华尊贵,然后产生了这样的想法。

最后我总结说:

---

① 玉帛:表示财宝。
② 牵:受制。
③ 涂炭:困苦。
④ 西刘:指汉高祖刘邦。刘邦建都长安,称为西汉。
⑤ 楚籍:指西楚霸王项羽。项羽名籍,羽是他的字。
⑥ 盖:可能是。
⑦ 靡曼骄崇:奢华尊贵。

特别推荐

　　为英雄者犹①若是②，况常人乎？是以峻宇③逸游，不为④人所窥⑤者，鲜⑥也。

　　意思是说：像他们这样的英雄尚且如此，何况普通人呢？因此说高大的宫室和放纵的游乐不被人们所羡慕的这种情况实在是太少了。

　　听我介绍完我的文章，你明白我为什么给这篇文章取名叫"英雄之言"了吗？刘邦和项羽这两位英雄看到

---

① 犹：仍然。
② 是：代词，这样。
③ 峻宇：高大的宫室。
④ 为：被。
⑤ 窥：窥视，这里指羡慕。
⑥ 鲜：少。

秦始皇高大的宫室和放纵的游乐都说出了想要取而代之的言论，其实并没有把百姓的心当作自己的心，与强盗也没什么区别。

当然，我并不是说刘邦和项羽不好，我就是想用他们俩的这个言论来讽刺现在的当权者，总是一副为民着想的圣人模样，其实却在满足自己的私欲，和盗贼有什么区别，哼！虚伪小人，看来考不上科举是我的福气啊！不然我肯定会被他们给气死。可是我连科举都考不上，要怎么救国救民呢？唉，我还是再努把力吧！

文苑杂谈

历史上那些相貌丑陋的才子们

罗隐因相貌丑陋，吓走了宰相的女儿，但他凭借自己的作品收获了一大批粉丝。我国历史上还有不少相貌丑陋的人，人家不靠脸，个个都很有才，用自己的真才实学征服别人，下面就让我们一起看看吧！

东汉末年有个人叫王粲，他虽然长得丑，但文章写得一绝。《三国志》中记载："表以粲貌寝而体弱通侻①，不甚重也。"意思就是说刘表因为王粲长得丑，身材羸弱，不拘小节，所以不重用他。虽然他仕途不顺，但文学造诣很高，作为"七子之冠冕②"，是当时建安七子③之首，代表作有《登楼赋》《槐赋》《七哀诗》等。

西晋时期有个诗人叫左思，他也长得很丑，《晋书》就记载他"貌寝④，口讷⑤，而辞藻壮丽"。你可能不知道左思的名字，但你一定知道有个成语叫洛阳纸贵，这

---

① 通侻：通达脱俗，不拘小节。侻（tuō）：同"脱"。
② 冠冕：古代皇冠或官员的帽子，比喻受人拥戴或出人头地。
③ 建安七子：东汉建安年间（196年—220年）七位文学家的合称，包括孔融、陈琳、王粲、徐干、阮瑀、应玚、刘桢，大体上代表了建安时期的文学成就。
④ 貌寝：长得丑。
⑤ 口讷：口吃。

个成语的主人公就是他。洛阳的纸变贵是因为左思写的《三都赋》太火了，大家争相传抄，把纸都抄涨价了，可见这个《三都赋》有多受欢迎。洛阳纸贵这个成语后也用来比喻著作广泛流传。

唐朝著名的书法家欧阳询，真是人丑字美。《新唐书·儒学传》记载欧阳询"貌寝侻，敏悟绝人"，足以看出他是个长得丑但非常聪明的人。他对书法的爱相当疯狂，据说一次外出时，他看到路边有一块晋代书法名家索靖写的石碑，便停下马来观看许久，刚走几步，便又忍不住返回石碑观赏，迟迟不愿离去，最后竟在碑旁坐卧了三天三夜。他这么热爱书法，又有极高的悟性，写得一手方正峻利的好字，并在长期的书法实践中总结出

文苑杂谈

练书习字的八条口诀,称作"八法",在书法史上的地位极高。

"诗仙"是李白,"诗圣"是杜甫,你知道"诗鬼"是谁吗?没错,就是唐朝诗人李贺。李贺字长吉,人很瘦,却长着"巨鼻,通眉,长指爪",可能你会说,他长成这样,怪不得叫"诗鬼"。"诗鬼",可不是人人都能当的。李贺写得一手好诗,他的诗想象丰富,画风奇特,既新颖又诡异,富有浪漫主义色彩,因此才被称为"诗鬼",在文学史上占有重要的地位。

外在的美比不上心灵的纯洁,遮不住智慧的光芒,这些才子们不管相貌如何,都从未失去那份对人生理想的坚守。当上帝给你关了一扇门,就一定会为你打开一扇窗,找到自己擅长的东西并坚持下去,乐观笑对人生。

云英

你不就会写两首诗吗？连科举都考不上，还好意思笑话我，哼！

我看你小子挺厉害的啊，我真是捡着宝了，哈哈……

钱镠

王粲

别气馁，虽然咱们颜值不行，但咱们有才啊！

扫二维码，听精彩讲解

黄巢

考不上进士就造反的起义军首领

820年—884年,字号不详

别　　名:黄王、冲天大将军
主要成就:唐末农民起义领袖,建立大齐政权
籍　　贯:曹州冤句(今山东省菏泽市曹县西北)
主要作品:《题菊花》《不第后赋菊》《自题像》

TA这一辈子

黄巢这辈子

黄巢出身于盐商家庭,年少时很有才华,却始终考不上进士,于是响应私盐贩子王仙芝起义,王仙芝死后,被推为领袖。后来,黄巢兵败投降却再次反叛,并于广明元年(880年)带领起义军攻入长安,成功登基称帝,国号"大齐"。中和四年(884年),在唐朝将领李克用等人的猛烈进攻下,黄巢最终兵败身死。

卖盐没前途，我要去打仗！

在古代，盐属于官营商品，盐商们只有得到政府的允许，并缴纳很高的赋税，才能获取卖盐的资格。当时有很多私盐贩子为了逃避沉重的赋税，便不经过政府允许，偷偷卖盐。黄巢他们家就是私盐贩子，赚了些钱，却要整天冒着被政府杀头的风险。

黄巢从小到大都不缺钱花，最大的梦想就是考上进士，当上个一官半职，好弄个正道出身。他自幼苦读诗书，五岁时候便可对诗，但成年后却无论如何都考不上进士，心里非常不是滋味，但也无可奈何，就继承祖业，回家卖盐去了。

当时唐朝败落了，藩镇割据不断，还正好赶上旱灾，百姓们怨声载道，再加上官府残酷的刑罚，盐贩子一旦被抓到就要没收全家的财产，并杀掉全部涉案人员，真是不给人留一点儿活路。

黄巢有个生意好伙伴，也是个私盐贩子，叫王仙芝。王仙芝估计是受不了朝廷的压榨，开始组织起义，没过多长时间，就带领起义军攻陷了濮州、曹州等地，还把前来镇压的官军给收拾了，别提多神气了！黄巢一看，王仙芝这小子都能打出一番天地，我应该也能行，便也跟着王仙芝加入了谋反的阵营。

请叫我游击战鼻祖

像黄巢、王仙芝这种盐贩子,常年行走于江湖,又能打仗又会忽悠,人脉也很广,在当地可以说是无人不知、无人不晓。大家伙儿看黄巢举旗造反,纷纷前来响应,都跟着黄巢、王仙芝一起造反。起义军的规模迅速壮大,几个月下来就已经有数万人,黄巢和王仙芝也成了当地有名的造反头子,当时有句流行的童谣说:"**金色蛤蟆争努眼,翻却曹州天下反。**"这里金色蛤蟆指的就是黄巢,曹州就是黄巢的老家,意思就是说黄巢在曹州造反,把天下都给翻了过来,可见黄巢造反的阵势有多大。

起义军打着打着,竟然起了内部分歧。王仙芝想投靠朝廷,不打算继续造反了,黄巢一听他要投降,可气坏了,从此与王仙芝分道扬镳。后来,王仙芝打了败仗,被官军所杀,黄巢却是越战越勇,还给自己起了个响亮又威风的名号,叫"冲天大将军",采用避实击虚、声东击西的游击战战略,经常是神龙见首不见尾,打得过就打,打不过就跑,把官军弄得一头雾水。采取游击战战略,黄巢带领起义军从山东打到河南,又从河南打到江淮,给昔日的兄弟王仙芝狠狠报了个仇。

攻下江淮后,黄巢在各地屡屡吃下败仗,他看形势不妙，便向唐军投降，实则偷偷养精蓄锐，找到合适的时机继续造反。此后的黄巢战斗力倍增，一举攻下江西、福建、广东等地，一路从北杀到南。黄巢的理想就是做官，直到这个时候，黄巢心里还是有个"官梦"。在广州安顿下来之后，他就公然向朝廷提出要求：如果朝廷封我为安南都护①，我就罢兵。听听这口气，简直没把朝廷放在眼里！朝廷当然不会同意他的要求，要是都这样，谁想当官都去造个反就行了，哪还有人去考科举呢？于是，黄巢继续着他的游击战，又从南杀到北，攻下湖南、浙江、河南等地，最后攻占了当时的首都长安，登基称帝，国号"大齐"。

呜呜，他怎么比我厉害？

要说黄巢虽然不是考科举的料，但打仗是真厉害。可是人外有人，天外有天，估计黄巢也没想到，有人打仗比他还厉害。

占领了长安之后，黄巢过上了一阵逍遥快活的日子。中和三年（883年），沙陀军首领李克用率军攻入长安，黄巢使出了浑身解数，却因粮食不足、决策失误等种种

---

① 都护：古代设在边疆的最高行政长官。

原因节节败退，他带领军队连夜撤离长安。朝廷看黄巢仓皇逃窜，想把他一举歼灭，就派军队追击黄巢。黄巢见大事不妙，就命令军队把粮草和宝物都扔在路上，官军争着拾取财物，没有继续追击，黄巢成功逃脱，留存了实力。

　　逃出长安之后，黄巢又率领起义军攻打河南的蔡州、陈州等地。唐朝政府见军队节节败退，便任用李克用为河东节度使，让他负责收拾黄巢。于是，李克用率领军队前来增援。黄巢还是打不过李克用，只得从陈州撤军，在附近扎营。可几个月后赶上连日大雨，把军营都给泡了，黄巢只得率领军队继续逃跑，李克用乘势追击，在中牟北侧的一个渡口大败黄巢，黄巢损失惨重，只得率领残兵逃窜。在逃跑的过程中，黄巢的外甥林言见大势已去，为了投降邀功，便乘机杀了黄巢，一场轰轰烈烈的唐末农民起义就这么结束了。

谁的菊花写得好？

黄巢

一转眼就到了秋天，菊花也开了。秋高气爽，出去转转。我最喜欢菊花了，之前就写过两首关于菊花的诗，朋友们都调侃我，说我是菊花先生呢，哈哈！

什么？我可是大家公认的最爱菊花、最会写菊花的人，我看看是谁在此口出狂言。

陶渊明

黄巢

咦？渊明先生，您怎么在这儿！您的菊花诗写得确实是好啊，您的"采菊东篱下，悠然见南山"一句，可谓是无人不知，无人不晓，您是当仁不让的菊花先生，我一个毛头小子，哪敢跟您争啊！

哈哈，你也别这么谦虚。你的菊花诗呢？拿来一首给我看看。

陶渊明

黄巢

我今天刚写了一首《不第后赋菊》，正好你来了，快帮我看看我写得咋样，我是这么写的：

超级访谈

黄巢

待到秋来九月八①,我花开后百花杀②。冲天香阵③透长安,满城尽带黄金甲④。

哎?好像还真是别有一番风味呢!你给我具体解释解释。

陶渊明

黄巢

第一、二句的意思是:等到重阳节的时候,菊花刚刚开放,百花就都凋零了。

不错不错,重阳节正是亲友聚会、登高赏菊的日子,等到重阳节这一天,菊花一定会迎来许多赞赏。第二句"我花开后百花杀"中,我看出了菊花威力很大,它一开,百花就都凋零了。

陶渊明

黄巢

没错没错,你真是太懂我了。

那第三、四句呢?

陶渊明

---

① 九月八:古代九月九日为重阳节,有登高赏菊的风俗。说"九月八"是为了押韵。
② 杀:凋谢。
③ 香阵:阵阵香气。
④ 黄金甲:金黄色的铠甲,此指菊花的颜色。

超级访谈

黄巢

第三、四两句描写的是重阳节的景象,意思是说:到了重阳节这一天,菊花冲天的香气弥漫整个长安城,长安城里绽放的菊花就像整个城里站满了披着黄金铠甲的武士。

陶渊明

你胆子真不小,天在古代可是万物的主宰,这菊花的香阵竟然能把天冲破,真是惊呆我了。穿上铠甲的菊花遍布长安,哎?我看你小子是要造反啊!

黄巢

哈哈,被你发现了。等到农民起义的时机到来,现在的统治者就会像秋天的百花一样凋零。到那时,起义军穿着金灿灿的铠甲布满长安,我看谁还不让我当官?我直接当皇帝!

陶渊明

你胆子够大的呀,真羡慕你有这样的勇气和带兵打仗的才能。不像我,面对一个黑暗的世道,只能选择辞官回家,写写菊花,独善其身。

黄巢

还不是被逼的!我们这个朝廷,就知道压榨百姓,就连我卖点儿盐还得冒着被杀头的风险。考科举呢,还考不上,真是一点儿活路都不给,造反也是无奈之举呀!

超级访谈

唉，我们都挺难的。

陶渊明

黄巢

是呀，不过我今天写完这首《不第后赋菊》，好像就找到人生目标了，说干就干，我要赶紧离开长安，回家准备造反！

那我就期待你的好消息咯！

陶渊明

黄巢

哎？竟然是一场梦。哈哈，事不宜迟，现在就启程。

我这么有文采，为啥考不上进士？

我这人呀，除了精通武艺外，还爱读书，能作诗能写文章，总有人夸我是个文武全才，哈哈。可就是我怎么考也考不上进士，年华逝去，如今我一个快四十岁的人，还没考上进士，这么说吧，就跟你四十岁还没考上大学一样，真是伤心难过、着急上火！今天秋高气爽的，找个酒肆喝酒去吧！一醉方休！

这酒馆外头的菊花真不少，你知道吗？我最喜欢的花就是菊花，之前就写过一首诗，名叫《题菊花》，我给你讲讲啊：

飒飒西风满院栽，蕊寒香冷蝶难来。

他年我若为青帝①，报与桃花一处开。

第一、二句的意思是：满院栽着的菊花在飒飒秋风中散发着幽幽的清香。可天气已冷了，蝴蝶已经不再飞来。

这两句，我把菊花比作自己，虽然菊花很香，却无法招来蝴蝶，就像我空有一身才华却无处施展，真是越想越难过。嗐！不提这些了，还是接着说后两句吧。

---

① 青帝：我国古代神话传说中的五天帝之一，是位于东方的司春之神，主行春天时令。

特别推荐

第三、四句是我的愿望,意思是:如果哪一年我当上了司春之神青帝,那我就要命令菊花和桃花一起,在春天开放。

春天风和日丽、百花齐放,花朵们在春光下沐浴,多好啊!可到了菊花这里,就是一番寒冷萧瑟的景象,菊花独自在瑟瑟秋风中开放,太可怜了,正如那些苦难中的百姓,默默地承受着一切。

要是我能当上大官,我肯定会与民同乐,让大家都沐浴在春光之下。唉!可惜,我连个进士都考不上,一次次被朝廷无情地拒绝,更别说当大官了。唉,太难受了,喝酒吧,喝酒都没滋味。

哎!酒劲上来了,我突然诗兴大发,快拿纸笔来!诗意挡不住了,我要立马写下来,就叫《不第后赋菊》吧,写完这首诗,我就去造反!

历史上那些造反的文人们

黄巢本是文人出身,却跑去造反了。我国历史上还有两位去造反的读书人,下面就让我们一起看看吧!

清朝末年的洪秀全就是一位,他家世代耕读①,却一直没有当官的子孙,就把全家的希望都寄托在洪秀全身上。洪秀全七岁就熟读四书五经,在村里可是出了名的有才,可天不遂人愿,成年之后的洪秀全先后考了四次科举,都以落选告终,洪秀全备受打击,重病了一场。传说洪秀全在病中产生幻觉,梦见一位老人说他是神仙,奉上天之命到人间来斩妖除魔的。后来一次偶然的机会,洪秀全翻到了一本书,叫《劝世良言》,洪秀全看这书里的内容和自己之前做的梦颇有类似,便认为自己真是受了上帝之命下凡除妖,便抛开孔孟之书

---
① 耕读:利用农耕之余读书。

文苑杂谈

不学,把这本《劝世良言》当成宝贝,还把家里的孔子牌位换成了上帝的牌位,开始信奉上帝。后来,洪秀全创立了"拜上帝教",短短几年时间就把信徒发展到上万人,开展了一场轰轰烈烈的造反运动,历史上称之为太平天国运动。后来,太平天国运动因兄弟自相残杀,以失败告终了。

汉光武帝刘秀也是文人出身,他通过自己坚持不懈的努力,成功入读太学,也就是当时的最高学府。当时西汉国力衰微,外戚王莽登基称帝,建立了新朝。王莽登基后,便开始推行改革,可他的改革不切实际,导致天下大乱。刘秀十分谨慎,在经过深思熟虑后,于新莽末年加入哥哥刘縯的造反队伍。23年,西汉宗室刘玄被拥立为帝,建立"更始"政权,虽然刘縯、刘秀等人极为不满,但迫于形势,也无可奈何。后来,刘秀的哥哥刘縯被更始帝所杀,刘秀非常愤怒,于25年与更始政权决裂,自己登基称帝,因刘秀是汉高祖刘邦的九世孙①,便仍以"汉"为国号,史称"东汉"。刘秀登基后,经过长达十二年的统一战争,结束了军阀割据局面,实现了祖国统一,可以说是文人造反的天花板了。

---

① 刘秀是汉高祖刘邦的九世孙:汉武帝推恩令要求诸侯所管辖的区域由其长子、次子、三子共同继承。这样一来,诸侯国被越分越小。古代刘秀的先世因遵行"推恩令"的原则,到他父亲刘钦这一辈,只是济阳县令这样的小官了。

文人造反的例子外国也有，就比如德国的托马斯·闵采尔。托马斯·闵采尔在大学期间成绩优异，学习了神学、哲学等多个学科，最大的爱好就是写作。毕业之后，他去学校当老师，并兼职教士。当时教会与贵族势力黑暗，托马斯·闵采尔看不下去了，便领导市民及农民发动起义，反抗教会与封建贵族。1525年，缪尔豪森的人民群众在托马斯·闵采尔的领导下团结起来，推翻了城市贵族的统治，建立了"永久市政会"这一革命政权。可闵采尔毕竟是个教士，没有什么军事经验，最终在弗兰肯豪森战役中失败。虽然闵采尔失败了，恩格斯还是给予了闵采尔很高的评价，认为他是"近代社会主义的先驱者"。

有句话说"秀才造反，十年不成"，意思是说，秀才要是想去造反，那他十年也造反不成。"秀才造反"还是个成语呢，表示行动的作用不大，不需要理睬的意思，可见造反的读书人是非常少的，能造反成功的读书人更是少之又少，这几位读书人面对那个时代下黑暗的政治环境，敢于突破自身的界限选择造反，真是非常有勇气了。

七嘴八舌

王仙芝：当初我就该听你的，咱们一起认真造反，呜呜……

是你不够厉害，还是我太厉害了？哈哈！
李克用

陶渊明：啧啧，你这菊花诗，写得也不错嘛！

扫二维码，听精彩讲解

图书在版编目（CIP）数据

乐死人的文学史.五代篇/窦昕主编.－－北京：石油工业出版社，2023.6

ISBN 978-7-5183-6027-7

Ⅰ.①乐… Ⅱ.①窦… Ⅲ.①中国文学－古代文学史－五代（907-960） Ⅳ.①I209

中国国家版本馆CIP数据核字(2023)第095844号

乐死人的文学史·五代篇

窦昕 主编

出版发行：石油工业出版社

（北京安定门外安华里2区1号100011）

网址：www.petropub.com

编辑部：（010）64523689

图书营销中心：（010）64523633

经　　销：全国新华书店

印　　刷：北京中石油彩色印刷有限责任公司

2023年6月第1版　2023年6月第1次印刷

710×1000毫米　开本：1/16　印张：10

字数：100千字

定价：48.00元

（如出现印装质量问题，我社图书营销中心负责调换）

版权所有，翻印必究